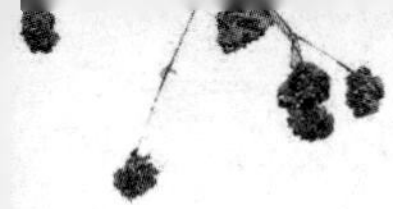

Have a Cup of Coffee of Tang Poetry

饮一杯唐诗咖啡

周颖◎著

当代世界出版社
THE CONTEMPORARY WORLD PRESS

图书在版编目（CIP）数据

饮一杯唐诗咖啡 / 周颖著. —北京：当代世界出版社，2018. 6

ISBN 978-7-5090-1396-0

Ⅰ. ①饮… Ⅱ. ①周… Ⅲ. ①散文集－中国－当代 Ⅳ. ①I267

中国版本图书馆CIP数据核字（2018）第108213号

书　　名：饮一杯唐诗咖啡
出版发行：当代世界出版社
地　　址：北京市复兴路4号（100860）
网　　址：http：//www.worldpress.org.cn
编务电话：（010）83908456
发行电话：（010）83908409
（010）83908455
（010）83908377
（010）83908423（邮购）
（010）83908410（传真）
经　　销：全国新华书店
印　　刷：北京盛彩捷印刷有限公司
开　　本：880毫米×1230毫米　1/32
印　　张：6.5
字　　数：122千字
版　　次：2018年7月第1版
印　　次：2018年7月第1次
书　　号：ISBN 978-7-5090-1396-0
定　　价：39.00元

饮一杯唐诗咖啡

闲暇时，

我认为最惬意的事就是在咖啡的香韵中，

翻着一页页唐诗，慢慢地嚼……

自序

这本集子原名《嚼唐诗》。说是“嚼唐诗”，倒不如说是我把唐诗古韵连同我生命中的过往像和面一样和到一块，做成一份五味杂陈的中式传统面点。

我常常坐在咖啡店靠窗的位置，喝着来自遥远巴西、弥漫着大洋彼岸味道的咖啡，吃着浸着中式传统况味的面点，或多或少有那么一点鲁迅先生笔下孔乙己穿着长衫站在柜台边，喝酒、吃着茴香豆的影子。看似不伦不类，其实，这只是个人喜好而已。不过，我喝咖啡、吃中式面点是有自身原因的。我开始文学创作，首先是从新诗入手。我喜欢新诗这种表达形式，它没有过多的束缚。旧体诗从上学时就开始涉猎，那些脍炙人口的唐诗、宋词，我喜欢是喜欢，可是写不来。

喝咖啡是我多年来养成的一种习惯。我觉得咖啡店除可以释放、排遣人的内心焦虑外，也可以在这里交流更多的社会信息。有时，我从咖啡店明亮的玻璃窗往外看，夏夜里络绎不绝的行人，以及远处车灯下渐行渐远的道路，心中不免夹杂着几许伤感。随着时代日新月异的变化，那些需要保留、需要传承的民族的东西，还尚存多少？值得庆幸的是，我们，以及我们的晚辈，还能从小得到唐诗、宋词的熏陶，尚存一份对古代文字的热爱。

整整几个月，我都隔着千年时空，魂绕大唐，回顾大唐之兴衰。我先后同李白、杜甫、王维、白居易、杜牧、李商隐、孟浩然、张九龄等四十余位唐代诗界先贤们“会面”，静心倾听他们讲述自己诗里的故事；我也把自己生命中过往的一些人和事，讲给他们听。其间，我还专程拜读了薛涛、鱼玄机两位才华横溢的女诗人的作品。她们分别向我讲述了自己的爱情故事，以及从女性视觉诠释的爱恨情仇。

小时候，我已能背诵孟浩然的《春晓》。儿子刚冒话儿时，我也教他背诵这首唐诗：“春眠不觉晓，处处闻啼鸟。夜来风雨声，花落知多少。”儿子的童音奶声奶气的，让这首诗变得甜腻得很。到了垂垂暮年，当我重读这首诗时，那种甜腻感没有了，我觉得诗人不仅是在赞美春天，更是无限珍惜这瞬息而过的一朝春景。这首诗不是甜的，而是酸的、涩的。

从诗人李白的诗里，我品到一种浸着酒香的豪放气度和浪漫气息。“且就洞庭赊月色，将船买酒白云边。”酒喝尽了，他竟敢拿月色去赊账。也只有一代诗仙能生出这么奇巧的念头。而杜甫的诗中融合了一种矢志不渝的坚持和担当。“安得广厦千万间，大庇天下寒士俱欢颜。”诗人时刻魂系芸芸众生。这种大爱是常人无法做到的，能够称其为“圣”，想来，他必有一颗菩萨之心。同样地，我在王维的诗句里感悟到一种淡然超脱的禅意；在李商隐的字里行间，能读出一种含蓄、婉约、朦胧的行为美学。

我从唐人栽种的诗林中一路走来，那个华丽的王朝业已灰飞烟灭，而华丽的诗句却还活着……

周颖

2018年春 于北郊

壹

※

人闲桂花落，夜静春山空

我一有空闲，便喜欢到距家不远的咖啡店内小坐，一边慢品香浓的咖啡，一边隔着落地窗张望街头你来我往的行人。有的行色匆匆、风风火火；有的安步当车，优哉游哉。

每当这时，我会想，他们和蚂蚁有什么区别？终日忙忙碌碌，一刻不落闲，吃饱了，喝足了，还是在忙。天下熙熙，皆为利来；天下攘攘，皆为利往。这些人中，不乏拖儿带女者，他们或许青年、壮年、中年，乃至老年。于是，起初的困惑有了解答。人们的辛苦奔忙，大多是为自己的儿孙后代。

这对于我来说，其实已不那么重要了，重要的是，我能在这浮躁都市里找到一个可以让自己静下来的去处，让自己像品咖啡一样，品着香醇又带着少许苦味的生活。

除了喜欢在咖啡店小坐外，我还喜欢站在自家的阳台上，端详妻子养的那些花花草草。它们是通人性的，能读懂季节的变化。春天来了，杜鹃花会争奇斗艳；秋天来了，菊花又成群结对闹上枝头。花儿总选在夜深人静时绽放，夜是花儿的产床。它们在黑暗中经历产痛，却将芬芳展现于白昼。花儿的根须埋在土里，人却把自己埋在事里。花草通过泥土汲取养分，而人则在待人接物中获得利益。

自以为从花儿的绽放过程中得到人生的启示，其实，这并非花草的道理；自以为弄懂了人世，其实，我只是弄懂了自己。不过，我从中意外收获了诗人王维在《鸟鸣涧》中所写“人闲桂花落，夜静春山空”两句的真正感悟。

读王维的诗，总会找到一个“静”字。正因“心静”，诗人才能感知桂花从枝头飘落，进而感到春山的空旷寂然。

人需要静下心来，静心是治疗心灵创伤的一剂良药。不知其他人怎么看，至少，我深以为是。

贰

※

独在异乡为异客，每逢佳节倍思亲

二十世纪八十年代初，父亲退休后开了一家制鞋厂，这也是他退休后的第一个买卖，自然倍加珍惜。

父亲刚成家时，大到餐桌、碗柜、铺盖，小到碗、盆、筷子、扫把、针头儿、线脑儿，样样亲力亲为。这次“创业”，更是上心得很，尤其在管理人员方面，耗费了不少心思。采购、生产、销售已有人选，可库管这摊儿，着实让他头疼。他说：“库房就像庄稼人家里的粮囤子，一家老小这一年的吃饭问题都得从囤子里出。没有称职的库管可不行，不出问题则已，要出就是大问题。”先前，父亲打算让老儿媳妇干这活儿，思前想后，还是放心不下。他觉得老儿媳妇精神头儿虽够用，可太年轻，做事不牢靠。经过反复斟酌，他最后决定让二姐做库管。

二姐是我二大爷的女儿，排行老二。父亲这辈一共哥五个，父亲排行老四。老大早早过世，剩下哥四个，除父亲考上商校，毕业后留城外，其余哥仨都在老家松辽平原上一个小村里务农。我曾怀疑二姐是老家那儿土生土长的农村孩子，干农活儿固然不含糊，做库管能行吗？父亲却说：“只要做事踏实心细就行，不会不要紧，可以学嘛！”

别说，二姐真是好样的，经过不长时间的摸索，就把库管工作做得有声有色的。父亲果然好眼力。有了二姐的帮衬，父亲踏实多了。可近来，我发现二姐好像有什么心事儿，不像刚来时那样干劲十足，充满好奇了，有时，一个人坐在那儿发好久的呆。

四

听母亲说，二姐这些天睡觉常常说梦话。我好奇地问母亲，二姐做梦时都说啥。母亲说，无非就是叨叨她家的鸡呀、鸭呀、羊呀，那些鸡毛蒜皮的琐事。说到这儿，她像是想起什么，接着刚才的话茬儿说：“对了，她总是念叨着她家的一只叫什么的母羊，要产羔儿了。”

二姐一天天消瘦，父母看在眼里，急在心上。二大爷也派人捎信儿来，意思是二姐在那儿不习惯，索性让她回去。看着二姐这个样子，父亲只好让我把她送回老家。记得送二姐回来的第二天，赶上中秋节，我才反过劲儿来：二姐不是病了，而是想家了。

二姐回到松辽平原上那个生她养她的小村子，轻嗅着淡淡的草香，感觉气儿顺多了。她伸出那双洁白纤细的手，轻轻托起刚刚出生的小羊羔儿，脸上绽放出久违的、甜甜的微笑。其实，二姐在城市生活不习惯，也是情理之中的事儿。城里固然生活舒适便利，那毕竟不是她的家。二姐的家在松辽平原上那个小村子里，二姐是这个村庄的女儿，她属于这个村庄。

二姐的事儿又让我不由自主想到远隔千年时空，生活于唐朝的王维，以及他在《九月九日忆山东兄弟》中写下的“独在异乡为异客，每逢佳节倍思亲”。没错，我所生活的城市，包括我的家，在二姐眼中都是异乡。她心里的那个结儿始终不会系在这儿。

生她养她的那个小村子就像庇护她的一棵大树，她的脚印就好比落在树下的枯叶儿，她和小村子是唇齿相依的关系。二十多年了，她没有离开过小村子，更何况那里有她的父老乡亲，有她饲养的鸡儿、鸭儿，还有和她一起闻过幽幽草香的羊。

想想二姐去我家那年，二十刚出头，而王维离家写下这首传世之作时年仅十七。一个谦谦少年郎，到底摆脱不了恋家的心结。其实，身为国人，不论年龄大小，最终的诉求都不过落叶归根。海外侨胞如是，离家游子亦然。这或许就是中国人每逢佳节，不管贫穷还是富有，不管身在何方，都急匆匆赶回家的原因吧！

王维（701~761年），字摩诘，太原祁（今山西祁县）人。开元九年（为太乐丞，因事贬济州司仓参军，后累迁至给事中。安禄山陷长安，受伪职，乱平责授太子中允，终官尚书右丞，世称王右丞。晚年隐居辋川别墅，日以禅诵为事。通音乐，工诗、书、画。其诗前期涉笔边塞、游侠，后期多写山水田园，富于画意和禅趣。是盛唐山水田园诗派的代表作家。存诗四百余首，有《王右丞集》。

叁

※

夜来风雨声，花落知多少

许是上了年纪的缘故，我对季节的更替越来越敏感了。尤其每当春季到来，我的心中总会生出几许伤感。

宋代词人辛弃疾写过“春风不染白髭须”的名句。年轻时，我对此没什么特别的感觉，觉得辛老先生不必如此多虑，更没必要拿“春风”说“岁月”的事儿。可当我老了，再重温此句时，不免泛出些酸酸的感觉。是啊！春风能染绿水，染绿山，染红杏花儿、桃花儿，染白梨花儿，可它不能染黑我花白的头发，更不能染绿我业已枯萎的过往青春。即便如此，潜意识里，我还是期盼春天早些到来，迟些离去。我知道，春天来了，暖洋洋的感觉便会接踵而至。对被寒冷折腾怕了、被暖气热浪烘得懒了、对冬日单调的饮食腻了、对荒芜冬景倦了的我来说，春天是一份丰盛的礼物。

我对春天到来的期盼心情，远比不上我家小区前的那棵老槐树。春天刚露出点苗头，那些小嫩叶儿就小鸟般叽叽喳喳蜂拥而至老槐树苍老弯曲的枝干，在上面筑巢、做窝；等到春天的脚步实了，老槐树也不再孤单寂寞了。

细想，春天来得不易，特别是东北的春天，来得早，进程缓，要到杏花、桃花、梨花插满枝头才算正式登场，正可谓一场漫长、痛苦的蜕变。

农谚说“春打六九头”，指的是六九刚刚到来，春便会匆匆冒出头来。冬春的分界就是朝阳坡上的积雪开始消融，房檐处开始滴滴答答地淌下水滴来。尽管这样，距离真正的春天还远着呢！

乍暖还寒，青绿的山色影影绰绰。如果你以为这就是春了，那就错了。这不过是春天做了个鬼脸儿，在和期盼已久的人们开个玩笑，千万不要当真。

东北的春天在残雪中闪过，酷似去意已决的爱人，莞尔之后，转瞬即逝。每种植物都像百米冲刺似的奔跑着发芽，奔跑着绽放，奔跑着完成基因的传承，待到花儿草儿捯饬一新登场后，春天即将谢幕了。

看着春天如此纠结地来，又如此匆匆地走，我更理解孟浩然写《春晓》时的心情。面对季节更替，诗人远比我忧伤，他恨不能把夜雨过后散落的花瓣一一悉心数过。别怪他吝啬格局小，他想拾起的不是花瓣，而是往日的时光。人啊，千万别熬至生命尽头，开始读秒时，才幡然悔悟。我想，这就是孟浩然写下《春晓》的真正用意吧！

春天真好，人生的春天更好！

肆

※

待到重阳日，还来就菊花

记得下乡插队时，我常去攀登高耸挺拔的鸡冠山。站在顶峰——鸡冠砬子上，放眼望去，常家沟的家家户户、房房舍舍，以及沟内的沟沟坎坎尽收眼底。秋天，常家沟还真像一只羽毛华丽、昂首挺胸的大公鸡，沿着沟内流淌的小东河像一条挂在公鸡颈间亮晶晶的项链。

鸡冠山下的常姓沟岔分两块，靠小东河东面的叫“东沟”，临小东河西面的叫“西沟”，我插队时就在东沟。

东沟、西沟虽同在一个沟岔里，因地理位置稍有偏差，气候也有些悬殊。东沟的季节更迭比西沟要晚上半月左右。西沟已进入初冬，东沟却秋意正浓。

重阳时分，常家沟人把玉米棒儿以及其他谷物摊到院落空场上，开始晾晒。家家户户、房前屋后、朝阳面的沟沟坎坎中也绽开了零零散散的菊花。一块块摊晒在院落空场上的玉米和绽开的菊花像金子一样迷人、耀眼。整体上看，这像极了一幅色彩凝重的油画，令人心生向往。

此时，窗子是最好的取景框。从那里取一角秋色下来，更有一番田园气息。离窗子最近的当数摆在窗台上一盆盆开得正旺的菊花，有的白如玉，温润中透着一分典雅；有的黄如金，奢华中隐匿着傲骨。当然，还有那些大小不一的橙色南瓜、深绿色的冬瓜。

晾晒在空场上的谷物时不时遭到鸟儿、鸡儿们的掠夺。它们闯进来，啄几口就跑。这是典型的不劳而获，所以，它们心虚得一阵风刮过来，都吓得魂飞胆破。院墙下有一片绿得淡定从容的三叶草。几枚惧怕寒冷的枫叶、黄叶，慌慌张张从墙外翻过来，趴在三叶草上寻找温暖，寻求庇护。它们瑟瑟发抖的样儿，着实让人怜惜。

秋天的小院里飘满成熟的味道：窗旁挂着大串大串的红辣

椒；窗户底下靠墙的地方，堆放着白菜、萝卜、土豆、地瓜等应景蔬菜；靠仓库一侧，茓着满囤子晒好的谷物、玉米。这些果实远比春夏两季的花草来得实在，来得充实。

当然，最丰盛、最有味道的当属这个时节的餐桌。烀好的土豆、地瓜、南瓜，端上桌一盘；再把葱切成大段，萝卜切成小方块儿，扒一棵白菜心用刀拦几下，装进小盆里，配上刚刚出锅的蒸鸡蛋酱，一并往桌上端。接下来，把事先炖好的鱼、肉装好盘，再烫上一壶地道的玉米烧，统统上桌。包你撑圆肚皮，还舍不得下桌，舍不得放下筷子。

说实在的，在城市里待久了，还真想找到这样一个去处。听听小河流水，看看霜染红叶，品尝一桌农家味儿十足的饭菜，斟上一杯地道醇正的玉米烧，守着一丘一沟金色的收成，远离城市的纷纷扰扰，偷得浮生半日闲。可惜，这些只能是回忆了。对我而言，以上景象已是一种奢望。如今，四十年弹指一挥间，下乡插队的那个常家沟还在吗？还有那些熟人是否别来无恙？那里的后生们会认识我吗？

孟浩然在《过故人庄》中写道：“待到重阳日，还来就菊花。”真为孟老先生感到庆幸。假如我能和那里的故人始终保持联系，也不会生出今天的茫然；假如我能常去常家沟看看，也不会留有这么多的遗憾了。

看来，我应该再去趟常家沟了，不管结果如何，权当是一次圆梦之旅吧！

孟浩然（689—740年），襄阳（今湖北襄樊）人。早年居家读书，后长期隐居鹿门山，四十岁游京师，应进士不第，返襄阳。开元十八年（730年）漫游吴越，两年后还乡。张九龄贬任荆州长史，辟为从事。三年后，王昌龄北归经襄阳，二人聚饮甚欢，食鲜疾动而亡。其诗长于五言，多写山水田园和隐逸、行旅等内容，以清旷、冲澹为基调，和王维并为盛唐山水田园诗派的代表。今存诗两百六十三首，有《孟浩然集》。

伍

※

少小离家老大回，乡音无改鬓毛衰

父亲印象中最热闹的时光是小时候在老家过年；最热闹的地方是那时的村头场院；最舒坦的事是坐在老家那不足三间的土坯房的热炕头上，陪爷爷喝着小酒，吃着他最钟情的美食——小葱拌豆腐，然后，再端上一屉刚出锅的黏豆包，舀上一碗香喷喷的小米粥。每每谈起这些，父亲都眉飞色舞的。

每逢过年，父亲就会和我们念叨老家的年俗、年味。他说："大年三十，老家可不像咱们这儿，贴贴对联，准备些饭菜，换上新衣服，就算妥当。老家那儿可比咱们忙多了，除了咱们这儿要准备的外，还要伐纸钱、供家谱、摆供品。供品也不像咱们这儿，买些水果摆上去，香炉上插上几炷香了事。老家的供品大多是家里女人亲手做的，寿桃、面鱼自不必说，连供桌上的菊花都是用嫩白菜帮做的。她们先把嫩白菜帮收拾好，再用刀轻轻划，划完的白菜帮经过水浸后，立即胀起来。被刀划过的白菜帮会翘起来，一朵朵玉菊便活灵活现地呈现出来。"

每每讲到这儿，父亲都会自言自语道："老家的年那才叫年呢！咱们的年，年货是挺丰富，可就是缺了点什么！"

到了秋天，父亲又唠叨起老家打场的那些事儿。他说，"小时候，我一直觉得最热闹的场景是打场；最热闹的地方是场院，其他地方都不比场院热闹。"

秋后，村里割下的高粱、谷子、大豆什么的都从地里拉到场院来，等待去皮、脱粒。这时，场院周边都是码成垛儿的粮食，小山似的，看着煞是喜人。入夜，场院外的空场上会点上几堆篝火，场院被照得亮如白昼。长辈们牵马拉磙子的拉磙子，扬木锨的扬木锨，使杈子的使杈子；小孩儿把捆好的豆梗、谷稞儿、谷草、高粱、玉米杂碎儿什么的，往柴垛那儿拽。堆柴垛儿是那些大孩们的事儿。讲到这儿，父亲轻轻叹了口气，像是对我们，又像是自言自语："其实，到今天，也就只剩下过往的记忆了，孤零零地存活在我心里。在城市住了这么多年，我也去过不少热闹的地方，人山人海的。可对我而言，总觉得缺点什么。"

有一年清明节前，考虑再三，我决定借上坟之机，带父亲回一趟老家。本来这些天父亲一直嚷嚷腿疼，一听说要回老家，兴奋得像个孩子，一股脑儿从床上爬起来。别说，带他回去是对的。车到了村头的岔路口时，我一时迷茫，还是父亲凭记忆指对了进村的路。

进村后，首先映入眼帘的是村头那块空场。只不过，空场的三分之二正在搞施工。从规模上看，像是要建一个办公场所。父亲让我把车停在空场的大槐树旁，他是想走着进村。我从他的眼神里读出，眼前这块空场必定是父亲常提起的村头那个热闹非凡的场院。

我和妻子扶父亲下车后，一帮小孩儿跑过来。他们站在离我们有五六米远的地方停下来，很好奇又很胆怯地打量着我们，意识到我们并无敌意后，便慢慢向我们这边挪动。

父亲问其中一个大点的男孩儿："我问你，后街的老周家怎么走？"那孩子再次打量我们一番后，和父亲笑道："城里来的老爷爷，你去老周家，我带你们去。"

走了一会儿，我们就到了要找的二大爷家。二大娘热情地把我们迎进门来。刚刚坐下，那个领路的小孩儿便从门外跑进来。

二大爷让他过来，摸着他的头，俯身对他说：“大孙子，这是我和你常提起的城里住的四爷爷。小孩儿似懂非懂地仰着脸儿，看了一眼二大爷，瞬间又低下头，小声说：“爷爷，知道了。我们在村头见过了，还是我领他们回来的呢！”

父亲有些疑惑地问：“二哥，这是谁的孩子？”

二大爷答：“四弟，这是老小子柱子的。”

此刻，在这陌生的老家屋里，我的内心无尽纠结。在父亲问题上，我做错了一件事：我不应该支持他退休后还干这干那的，如果没有那些牵绊，兴许他早就回老家转转了。这下可好，大水冲了龙王庙，一家人竟然不认识一家人了。

这孩子看我们的眼神里充满了疑惑、茫然以及陌生感。如果不是在这样的场合见面，我自己都无法确认，这孩子与我竟是同根同脉的至亲。

走出二大爷家，我们回到村头停车的大槐树下。我和父亲和亲人们一一告别，一枚树叶从老槐树的枝干上落下。我抬头望去，老槐树的新叶儿间，还有一些坚守一冬的枯叶。我忽然明白了父亲每每怅然若失的惆怅；同时，也更加理解当年八十岁离职回乡的贺知章，借《回乡偶书》一诗发出的人生感慨。

想想自己也已是六十多岁的老人了，哪儿才是我的归宿呢？

贺知章（659~744年），字季真，越州永兴（今浙江萧山）人。武则天证圣元年进士，授国子四门博士，迁太常博士，一度入丽正殿修书。开元十三年为礼部侍郎，累迁太子宾客兼秘书监。天宝三载因病请度为道士，允还乡里，自号『四明狂客』。工诗耽酒善草隶，与张若虚、包融、张旭合称『吴中四士』。其诗以绝句见长。今存诗二十余首。

陆

※

春风知别苦，不遣柳条青

由于气候差异，南北方季节持续的长短也不相同。我生活在东北腹地，气候特征尤为突出。

东北和南方的春天有着本质上的区别。东北的春天有一大半都是藏在冬天里过的，往往是刚呷出点春味，春天便已匆匆走过了。

东北人没有南方人的眼福，不可能赏到“烟花三月下扬州”的美景。这里，春天的前奏拉得特别长，历程又特别短。到了三月，赶上几个晴朗的天气，正午时分，朝阳面的屋檐就会传来滴滴答答的滴水声，屋前也会像国画的那种泼墨手法，被屋檐淌下来的水滴晕出一块块大小不等的春之意境来。

春天在三月里，不过和人打了个招呼，开了玩笑，做了个鬼脸儿，便转身藏匿起来。寒流揩净冬日脸颊的泪痕，重新板起面孔，不怒自威。人们眼巴巴看着屋檐处滴下的惊喜，又一次凝成了丑陋可恶的冰溜子，心里再度被失落塞得满满的，就像千辛万苦淘来一件宝贝，鉴定师落槌的刹那，宣布此件藏品为赝品一样。这时，人们的心情有如坐上过山车，刚刚还在峰顶，瞬间便落入谷底。

进入四月，屋顶的积雪都融化了，房屋、树木、道路以及街道两旁的草坪都露出了本真的面目。雪花退隐了，太阳苍白的面庞有了暖色。这时，春天的感觉近了。其实，春天在东北只是一场望眼欲穿的期待。进入五月，夏天就来了。东北人最终感受到的春天，也只是接近尾声的一瞬间。

我对春天的纠结，缘于一件事，一件终身无法弥补的憾事。这件事像一根刺儿，深深扎进心灵深处，每到春天来临，我的心都感觉隐隐作痛。

2001年4月，姥爷过世了，我和母亲匆匆赶回老家奔丧。一路上，我悲痛到极点，姥爷在我心中是棵推不倒的参天大树。他的辞世像大树轰然倾倒一样，我的精神崩溃了。

车窗外的夜色在我浸着泪花的眼睛里变得模糊起来。夜色中的山、树统统向我砸来，而我躲都没躲一下。我想就这么死去吧，这样便能在地下陪陪姥爷，姥爷太孤单、太寂寞了。

记得小时候有一半的时间是在姥爷家度过的。姥爷膝下有七个儿女，孙子、外孙加起来十余口。这些晚辈中，姥爷独爱我这个外孙。我还记得经常和大舅、二姨家的孩子在姥爷家吃饭。能和姥爷同桌吃饭的独我一人，余者都不允许上桌吃。这还不说，每次坐在姥爷身边吃饭，他总习惯性地把我喜欢吃的菜放到我面前，还时不时把姥姥给他做的下酒菜往我碗里夹。由于父亲、母亲、大舅、舅妈、二姨工作都很忙，抽不出身照顾孩子，姥爷家就成了我们这些“小白眼狼”的食堂。那时，姥爷家的开销全靠他一人的工资维持。现在想想，姥爷真的太不容易了。

料理完姥爷的后事，母亲心情一直不好，很久不出家门。我抽了点时间，拉母亲到郊外走走。

天气已经很暖了，可走在河边还是感觉冷飕飕的。河滩上的柳树好像冻怕了，都到了这个时节，它们还不敢舞起鹅黄色的长袖。远处只有星星点点的报春花，告诉人们：春天真的来了。这个春天似乎也懂得我们母子的心情，而更懂我的应该是诗仙李白。他早在一千多年前就在《劳劳亭》中吟道：“春风知别苦，不遣柳条青。”

寒冷已经过去，悲痛不该永系心间。人的消亡和季节交替一样，都是避无可避的轮回。也许，下一个轮回，我也会像姥爷一样长眠于地下。因此，只要活着，就好！

柒

※

朝辞白帝彩云间，千里江陵一日还

读李白的诗，总令我为其大胆夸张的表现手法而咋舌。从白帝城到江陵，千里的行程一日可达，别说在唐朝，就是在二十世纪七八十年代，也是一件不可思议的事情。

二十世纪七十年代中期，我下乡到农村插队。每次从插队的集体户回家，唯一的方法就是乘坐火车。我坐的是那种蒸汽机动力火车。因所乘车站不是始发站，捞到个座位是想都不要想的事。我经常是挤上车，就站在两节车厢连接处，一直站到终点。记得那个车厢连接处是用厚漆帆布黏接在两车之间的钢骨架上的，看起来像手风琴，可以随车的行进前后拉动。火车走走停停、风进风出的声响，可没手风琴拉出来的曲子动听悦耳。全程不足五十公里，火车却要慢慢悠悠走上一个小时。遇上会车，一两个小时不动窝也是常事儿。

二十世纪九十年代，我因工作需要，常往来于工作的城市和省城之间，交通工具也是火车。那时，已换成内燃机动力火车，可比蒸汽动力火车快多了，一百公里的路程一个半小时就可到达。后来，我从原工作单位出来单干，创建了一家民营企业，便有了自驾车，就很少坐火车了。2011年，吉林至长春开通了高铁。正巧，我有点事儿要去长春。曾听坐过高铁的朋友说，高铁时速在两百一十公里至三百公里之间。这么快的车速，我一定会晕车的。临行前，我特意买了晕车药。

当我登上高铁，顿觉这座位设计得很人性化，以前，我只有在飞机上坐过这样舒适的座椅。

列车徐徐驶出站台，我赶紧把眼睛闭上，害怕因高速引发眩晕。然而，坐了一会儿，我不自觉地把眼睛睁开了，无意间看了一下车窗，窗外的景物和普通火车的窗外景色并无二致。这时，我又抬起头四处张望，发现放在小桌子上的那杯茶水竟然纹丝不动。

一日千里不再是神话，高铁能走几个来回。李白当年那个“朝辞白帝彩云间，千里江陵一日还”的畅想，在我们这个时代实现了。倘若他在天有灵，以他的性情必会自鸣得意地高声吟涌：“仰天大笑出门去，我辈岂是蓬蒿人”“且就洞庭赊月色，将船买酒白云边”，然后，便洒脱豪饮一番，说不准，还会有传世佳作问世呢！

捌

※

青天有月来几时，我今停杯一问之

读《把酒问月》一诗，我又一次被李白独对冷清之夜，把酒问月的情景感动了。他把孤独和圆月构架成一种美，而这种美，名叫“寂寞”。面对着这凄美的寂寞，我哽咽了。

从李白那弥漫着浓郁酒香的诗句里，我总能品出几许凄清的寂寞、几许谈谈的哀愁。他的寂寞和哀愁源自心有不甘的沉沦，这沉沦久而久之演变成魔样的寂寞，始终无法释怀。诗人终日被这种情愫缠着绕着，寂寞像长在胸中的一块心病，又像落在身上不能愈合的伤疤。诗人为了解除痛苦，排遣心中的寂寞，只能不由自主地“一杯一杯复一杯”，借酒消愁。

我倒觉得寂寞像是一杯香浓的咖啡，香中略带那么点苦味儿。好喝是好喝，但切忌无度，须拿捏好分寸。

记得在家时，我常站在书房的窗前，习惯性地点上一支烟，袅袅的烟雾向窗外徐徐飘去。这时，我生出一种感觉，好像书房的空气是静止的，不然，烟雾不会一丝一缕也深入不进来。窗外，那棵白杨树的叶子，在和晚风交头接耳地说着悄悄话。夜静得一根细小的枯枝被风折断的声音都能听得清清楚楚。此刻，我便感受到了寂寞。在亲历这份寂寞时，我找到了自己真实的存在。不过，这存在只是过往的影子。

年轻时，我尤为喜爱卓别林的默片，那部《摩登时代》至今回想起来，还有丝丝酸楚萦绕心头。

片中，他用夸张传神的肢体语言，刻画了一位产业工人，因常年工作在高度紧张超负荷的流水线上，干着枯燥单调的拧螺丝帽的活儿，致使思维也形成某种惯式。精神高度疲惫的他，看见工友上衣的扣子，也以为是需要拧紧的螺丝帽，于是，高潮出现了——他拽住自己的工友，用扳手强行在工友身上拧了起来……

人和机器整天都在比拼，人和机器近了，却和现实远了。人在环境压迫下，改变了过往的惯式，以及原本的人生轨迹。在这种环境下，人类已经找不到自我了。而走进寂寞的人则恰恰相反，他们找不到当下，找到的全都是过去的影子。我便如是。想来，生活在千年前的诗仙亦如此。

人生其实是一次寂寞无聊的苦旅，每天经历着从陌生到熟悉，再由熟悉到陌生的过程。这一切，淡然面对就好。而李白恰恰放不下对尘世的期许，始终活在想要抵达又无法抵达的矛盾交织中。痛苦与纠结积淤下来的长长寂寞，一直困扰扼制着他的期许。于是，便有了他的“白发三千尺，缘愁似个长”的惆怅；有了他“青天有月来几时，我今停杯一问之”的茫然与困惑；有了他“且就洞庭赊月色，将船买酒白云边”的洒脱与风流。

李白先生，我说的对吗？

李白（701~762年），字太白，号青莲居士。祖籍陇西成纪（今甘肃秦安）人，生于绵州昌隆县（今四川江油）之青莲乡。少读百家之书，能诗赋，喜任侠，好剑术，乐交游。二十五岁出蜀东下，家于安陆。开元十八年首入长安，失意而归，游历洛阳、齐鲁，在齐州紫极宫受道箓。天宝元年奉诏再次入京，供奉翰林，终遭谗害，被赐金放还。嗣后以梁园为中心，游历大江南北。安史之乱中因李璘幕府而被流放夜郎，途中遇赦。晚年欲从唐军东征平叛，衰病未能如愿而卒。传世诗歌近千首，抨击权贵，抒写愤慨，想象丰富，自由奔放，被誉为『诗仙』。有《李太白集》。

玖

※

两个黄鹂鸣翠柳，一行白鹭上青天

家里常在新米没下来前，吃一些陈米。住平房时，母亲一赶上好天气，就会把没吃完的陈米拿到院里，摊在事先铺好的塑料布上晾一晾。米不好保管，一进伏天就易发霉，也易生虫，隔三岔五的，母亲就会拿出来倒腾倒腾。

自从搬进楼房，就没地晾米了。米若发霉长虫了，就只能倒掉。我看了难免觉得可惜，谁家养个鸡鸭什么的，送给他们总比扔掉好。这样，我便背着妻子，把发霉的米装进袋子，扎好袋口，放到贮藏间不被人注意的角落。可是，囤积多了，也就只能倒掉一些。

一次，我去扔米，袋子漏了一个小洞。我前面走，米就从洞里往下漏。等我回来，发现哩哩啦啦“种”了一地米。我匆匆赶回家，拿来笤帚，打算把米粒清理干净。可刚一下楼，就看到十几只贪吃的麻雀，在拣食地上的米粒。此情此景让我灵机一动，何不每日把这些霉变的米撒到阳台的花台上，给那些麻雀吃，总比扔掉好。

经常光顾花台的大多是麻雀，也有一两只叫不上名儿的鸟儿。时间一长，这些鸟儿和我也变得亲近了。几天下来，我发现燕子不来花台上觅食了，甚至连花台的边儿都不沾。以我对鸟类世界的认知，较之麻雀，燕子更亲近人类。住平房时，燕子常常飞进屋内，甚至在房梁上衔泥筑巢。麻雀则不敢无所顾忌地在屋内飞来飞去。这多多少少有点人为因素。麻雀还有一个小名儿，叫“家贼”。因为一个“贼”字，人们对它的防范意识高，也是情理之中的事儿。

一天，一只麻雀误闯我的屋内，恐惧中，一头撞到玻璃窗上，刹那间又摔到地板上。我俯下身，小心翼翼地把它捧在手中，然后，放在花台上。麻雀抖落一下翅膀，像什么也没发生似的，低头啄着放在花台上霉变的米。看着眼前的一切，我心里有一种说不来的滋味，总觉得人类欠麻雀的太多。

年轻时，为了捕捉麻雀，我曾用一只箩筐、一根小木棒、一把米设下陷阱，也曾吃过炸麻雀。那时，我和其他人一样，对它们有认识上的偏差。对麻雀的态度发生微妙转变，源于近日来和它们近距离的接触。有时，我把米放到花台上，眼前便会浮现杜甫笔下“两个黄鹂鸣翠柳、一行白鹭上青天”的景色。虽然，这景致与麻雀无关。不过，在人与自然日渐疏远的当下，能有几只麻雀常来光顾，足矣了。

杜甫（712~770年），字子美，自称少陵野老。祖籍襄阳（今湖北襄樊市），生于河南巩县（今属河南）。七岁能诗，十四五岁已在文场崭露头角。开元十九年（731）漫游吴越，二十四岁举进士不第，游齐赵，天宝三四载间，与李白、高适结识，并同游梁宋齐鲁。天宝六载入长安应试不第，困居十年至十四载授右卫率府兵曹参军。安史乱起，北奔灵武投肃宗，途中被叛军俘送长安。至德二载得脱赴凤翔行在，任左拾遗，后贬华州司功参军。乾元二年弃官入蜀，在成都建有草堂，友人武荐为剑南节度参谋、检校工部员外郎，世称杜工部。大历元年东下夔州，大历三年出川，漂泊鄂湘，大历五年病卒于湘江舟中。所作诗歌广泛、深刻地反映了唐代社会由盛转衰时期的各种社会矛盾，表达了忧国忧民的思想感情，是中国诗歌史上的写实派巨擘，有『诗圣』的美誉。其诗众体兼备。律诗堪为典范，风格沉郁顿挫，对后世诗歌影响较深。今存诗一千四百余首，有《杜工部集》。

拾

※

谁言寸草心，报得三春晖

家里，母亲个子最矮，父亲一米七六，妹妹一米六五，初中毕业时，我已长到一米七八，而母亲不足一米六。可我认为一家四口中，母亲是最高大的。

彼时，无论是上完晚自习回家，还是放学后去同学家玩够了才回家，每至家门口，我都会习惯性地站在自家窗前，往里看看，想知道母亲在不在家。六七岁的我个子还矮，刚刚够得着窗台，根本看不到屋里的情形，只能看到投到墙壁上的影子，但还是忍不住趴在窗台上窥视母亲的动向。久而久之，扒窗台就成了我回家进门前第一件要做的事。

不管多晚回家，我总能第一眼看到映在墙上的母亲操劳的身影。就算不出去，也都是一觉醒来，揉揉惺忪的眼睛，伸伸懒腰，看到的还是墙上母亲操持家务的身影。其中印象最深的是她锁扣眼儿、钉扣子的身影。昏暗的灯光下，她的身影像放大的逆光照，足足占了北面三分之一的墙面，不论从哪个方向看，母亲都是高大的，像是家里的顶梁柱，支撑着这个四口之家。

那时，母亲在一家小服装厂工作。锁扣眼儿、钉扣子这个活儿，是她找厂长软磨硬泡从别人那儿挖来的。这活儿是厂里的外协活儿，是工作之余的兼职。别小看这个活儿，这可是不小的一笔收入，解决了家里生计的大问题。

当时，我家拮据得捉襟见肘，家长的每月工资都得掰着半花，有一点算计不到，就接济不上拉饥荒了。粮食、豆油都是限量的。别人家炒菜、炖菜都是把油先倒到一个小汤勺里，再往锅里放，撒上些葱花爆锅儿，接下来才放食材。母亲则是把有限的豆油都炸熟了，再放回油瓶，等菜做好了，再用筷子蘸上几滴油，点到菜里。我和儿子讲述这事儿时，儿子还当笑话听。也难怪，现在的孩子真的掉进福堆里了。他们赶上了好时候，这也是命！

父亲私下常和我说："你妈这辈子跟了我，亏大了。"回头再想，父亲所言不虚。母亲一直在那家小服装厂干到退休。也不是没有挪动的机会，但都让她拒绝了。其中一次，单位主管局成立服装公司研究所，想调母亲到研究所，专门从事服装设计的研发，那次她真的动心了。母亲从小喜欢画画，画得又特别好，尤擅仕女画。到服装厂工作后，她从机台、裁剪到熨烫，样样干得有模有样，服装设计又是母亲所喜爱的。我和妹妹小时候穿的衣服都是她亲手设计裁剪的，在当时真的是引领风潮呢！

那年"六·一"儿童节，我上三年级，妹妹二年级。母亲给我做了一件褐色背带西裤，一件白色衬衫，衬衫的领口、袖口镶着褐色的布料；给妹妹做了一件暗花湖蓝色的连衣裙，领口、肩口是白色的。选连衣裙布料时，母亲还征求过我的意见，我认为那块布料的花儿太碎，可是母亲说我不懂，她说："丑布不丑衣！"果然还是母亲有眼光，那块布料做出来的裙子真的让人眼前一亮。妈妈带着我们兄妹俩在儿童公园门口一亮相，就引来不少小朋友，他们的家长围住我们兄妹俩，上下左右地打量。那个时代，衣服色调都是单一的，一下子出现与众不同的色调服饰，不抢眼才是怪事呢！

尽管母亲如此热爱服装设计研发工作，但她最终还是选择放弃。她坚持留在那家小服装厂。我和父亲都知道，她不是不愿意去，是舍不得、放不下那份锁扣眼儿、钉扣子的活儿……

如今，我们都长大了，成家了，甚至，我已有了自己的儿孙。母亲却真的老了。

孟郊在《游子吟》中，动情写道："谁言寸草心，报得三春晖。"而我该怎样报答含辛茹苦的母亲呢？

孟郊（751~814年），字东野，湖州武康（今浙江德清）人。少隐嵩山，贞元十二年，四十六岁时始中进士。初授溧阳尉，耽于吟咏，荒废职事，被以假尉代之，分其半俸，后辞归。元和初郑馀庆召为河南水陆转运从事，贞元九年再辟为兴元军节度使参谋，赴任途中暴卒。性耿介孤直，不苟容于时，一生困顿失意。诗多愁苦和愤世嫉俗之音，长于乐府和五言古诗。硬语盘空，追新尚奇，为韩孟诗派创始人物。今存诗五百余首，有《孟东野诗集》。

拾壹

※

试玉要烧三日满，辩材须待七年期

我家书架上摆放了几块松花石，是好友赠送的。他除了写些小说，还痴迷于收藏石头。在众多石材中，他尤爱松花石。“松花石品相好，浑然天成，没有后天的雕琢修饰。”他如是道。闲暇时，我和他在一起唠嗑儿，他常和我说：“退休后，什么也不干了，写写小说，侍弄侍弄石头。”可见，他和石头两情相悦。

他送我这几块松花石时，反复叮嘱我要好好侍弄：“石头的成色靠养。养石头要有耐性，侍弄石头要像哄小孩，得勤快，还得顺毛抹刷，石头是通人性的。”我心想：说悬乎了，好像我不理会这几块石头，它们就会发脾气似的，难道它们还会哭闹不成？

别说，没几天的工夫，那几块石头就不像刚来时那么容光焕发了，变得灰头土脸的，一脸不愿意的样子。

为此，我埋怨妻子道：“你抹书架时，怎么不想着顺手把那几块石头抹一抹呢？”妻子委屈道：“你怎么知道我没抹？我不但抹了，还用清水刷了。你知道个啥儿！”

听着妻子的数落，看着这几块哭丧着脸的石头，我自嘲，这不是没事儿找事儿吗？干脆把它们统统扔掉算了。可冷静下来又一想，这是朋友眼中的稀罕物，他舍得送给我不知要下多大的决心呢！这石头扔不得。既然不能扔，倒不如再向朋友请教一二。

我致电他，把石头的情况描述了一遍。末了，我追加了一句：“哥们儿，你不是让我没佛找块石头供奉吧？”

朋友先是在电话那头笑了笑，然后说：“我告诉过你，那两块大的要用凡士林擦，小的必须用指甲油擦，你擦了没有？”我问：“你什么时候说的？”他说：“送你石头时，我就告诉你了。”我说：“我没有听到啊！”他说：“不要啰唆了，你擦还是没擦？”我老实道：“没有。”他点头道：“这就对了。你得三天一大擦，每天一小擦，隔三岔五还得清洗一次，先用手搓，把油搓进去，再用软布抹刷。”

我依言连续做了几天，别说，原本委顿的石头精神多了，特别是那块叫“睡佛”的，好像都笑了，很陶醉的样子。如果我不在场，说不准会笑出声来。

现在想想，朋友说的“侍弄石头要有耐性”，倒不如说“石头养性”。朋友送我石头，不单单是为了养性，而是暗示我，做事不能由着性子来，要有耐性。或许，这才是朋友送我石头的本意吧！

养了一段时间的石头后，我发现其中有一块怎么都侍弄不出来了，来时身上的纹络也渐渐淡了，有几处原本漂亮的纹络荡然无存。就此现象，我再次向朋友请教。他只轻描淡写地说了一句："那块石头是假的，兴许是我在选的时候打眼儿了。”接下来，便没有下文了。

责怪归责怪，我静下来细思，这块假松花石应是朋友故意送我的。他是想告诉我，摆弄石头和为人处事一样。有的人刚接触时，觉得尚可，时间一长就不行了；有的人初见，感觉很粗糙，相处久了，则越发有味道。看来，侍弄石头有大学问，难怪白居易会在《放言五首·其三》中写出“试玉要烧三日满，辩材须待七年期”这样富有哲思的诗句来。他说的是辨玉的真假，殊不知，玉也是石的一种呢！

想想我的朋友，再想想香山居士，我忽然产生一个奇特的想法：如今，朋友已经仙逝，九泉之下，他还会痴迷松花石吗？如是，我要给他介绍一个玩伴，白居易。

拾贰

※

夜深知雪重，时闻折竹声

记忆里，姥姥家的那些孙男弟女中，姥姥最疼爱的要算我这个小外孙。在老人家的人生哲学里，吃饱穿暖是头等大事，尤其是对我。姥姥总怕我吃不饱，常背着姨舅的那帮孩子，给我开小灶；也怕我穿不暖，亲手给我做棉衣。这两件事上，老人家格外用心，也格外认真。

记得我刚到姥姥家的第一个冬天，她特地为我絮了条新棉裤。这条棉裤可让她花费了不小的心思。

姥姥熬了一宿，把棉裤絮完缝上，觉得还不够厚，又拆开。白天，她把裤子用饭桌压了一天，晚上贪着黑又絮上一层。絮完后，她用手指掐了掐，摇摇头，还觉得不够厚，又返工了。结果，这条棉裤完工后放到炕上，圆圆的、胖胖的，把它立起来，它会纹丝不动地站在那儿，像是真套了两条挺实的小腿在里面。

穿上这条棉裤，全身都是暖暖的，心也一下子野起来。二姨要去后街磨面，我喊着嚷着要跟着去。二姨嫌我碍事，不同意。我向姥姥"参"了二姨一本，无奈之下，二姨不得不带上我。

不出门还以为昨夜雪下得不大，可出了门，我才知道那是入冬以来最大的一场雪。去后街的道被雪盖得严严实实，根本就找不到来道在哪儿。二姨一手拎着一大兜儿要磨的面，另一只手拽着我，趟着厚厚的积雪往前走。若是我不来，她可以双手捧起那兜子面，我来了，无形中成了一个累赘。雪太厚了，厚得没过了我的膝盖。我前脚刚从雪壳里拔出来，后脚又陷进去。几次我都滑了一个趔趄，差点倒在雪地上，是二姨硬生生把我拎起来。回程时，好走多了，雪地已被来往的人踩出了条道儿来。道越是好走，人就越放松警惕。走到街外那条冰冻的小河时，我不小心滑倒了。滑倒后，我没有在原地停下来，而是顺势滚了几个个儿，直滚到没有冻实的河面边上。河面边上的冰像一块玻璃，被这儿突如其来的物体重重击了一下，瞬间炸裂开来。我感觉自己一点一点地往冰水里落，二姨扔下面兜，急忙扑向我，一把抓住我。为拽我上来，二姨用劲过猛，自己摔了个腚墩儿。我扒到二姨的怀里，她则重重坐在冰上。

回到姥姥家，我们娘俩浑身像披了一件冰铠甲，一抖动连水带冰的弄了一地。姥姥看到我的狼狈相，心疼地把我抱到炕上。她把我的衣裤脱下来，用一床被子把我裹了起来。小老姨不知何时凑了过来，看我像落汤鸡似的，故意做鬼脸儿气我。姥姥一把拽开她，气呼呼地说："凑什么热闹！一边儿去！"小老姨和我是同龄人，比我大两个月。我刚到姥姥家时，她常带着我出去玩。最近，我和那些小朋友混熟了，不和她玩了。当然，不和她玩还有一个更重要的原因，那就是她总当着外人的面喊我"大外甥"。听她这么一叫，同我一起玩的小朋友就开始起哄。我每次向姥姥告小老姨的状时，姥姥总是先狠说一顿小老姨，再耐心和我说："她是你的小老姨，虽然和你是同龄，但她是你的长辈。"姥姥病重时，我和母亲去医院看她。姥姥病得很重，一看到我来了，还是勉强坐起来。她看到我只穿了羊毛衫，气得直叨叨："臭美！穷臭美！你回去把棉袄穿上！"

姥姥走了，我也长大了，可在姥姥眼里，我永远是她的外孙。知冷知热的姥姥在天上，还忘不了她的这个外孙。她走后的头几年，一到冬天，雪下得特别大。我想，一定是姥姥怕她的外孙冻着，不忘摘下云朵一样的雪做棉花，为外孙絮暖这个冬天。可是，这几年北方的雪却越下越少，南方的雪则多了起来。我想，许是姥姥糊涂了，南方可没有她的外孙啊！

南方的雪下得究竟多大，我没见识过。白居易在《夜雪》一诗中是这样描写南方雪的："夜深知雪重，时闻折竹声。"可见，真的不小，连竹子都被压折了。

其实，无论雪是下在南方，抑或北方，我感觉它都是暖的，因为雪里有姥姥的爱。

拾叁

※

同是天涯沦落人，相逢何必曾相识

时光像一列呼啸而过的高铁，想保持在最初的原点上是不可能的，即便回到最初的原点，也不是一开始的地方了。

那是一个夏日的夜晚，我独自坐在集体户不远处，一个叫作“东山”的山坡上，望着空中的繁星发呆。我不知道城市中曾经属于我的那个星座还在不在。正在脑子里一片茫然的时候，从集体户方向传来划破沉寂夜空的歌声："马儿哟，你慢些走，慢些走！我要把这迷人的景色看个够……"

是一个男孩儿的声音，伴着吉他声，回荡在静谧的山村里。这歌声绝对不是男孩儿对他插队的小山村的抒怀，而是对过往城市生活的一丝留恋。他的思想依旧没有释怀，歌声里夹杂着对现实的挣扎。生命中注定会有一些根植于内心的过往，唱歌的男孩儿就这样定格在我的生命中，成为一段抹不掉的记忆。

唱歌的男孩儿叫继颖，是新来集体户插队的七七届毕业生。我们两人的父亲在同一个单位工作。关于继颖，我只知道这么多。听集体户同学说，继颖因在学校经常打架斗殴、调皮捣蛋，气得老师到他家告了他一状。继颖是被父亲强行撵来插队的。按政策，他是可以留城的。但他父亲想让儿子吃些苦、挨些累，好磨磨他的棱角。也许，他的父亲只把目光集中在儿子的毛病上，根本就没发现他有音乐方面的天赋。所幸，在我们集体户的这些知青中，他的天赋得到了一致的认可。

继颖用一把吉他，靠指间弹奏的旋律和独具苍凉感的歌声，洞穿了我们这些知青茫然中的伤感。那时，他除了唱《马儿，你慢些走》，还唱《花儿为什么这样红》《莫斯科郊外的晚上》等。这些歌是那个时代的小众歌曲，但他却唱出了历久弥新的味道。并非是他唱的这些歌感动了我，而是他那种不拘一格、奔放自然的表现力拨动了我的心弦。

说到继颖，我又情不自禁想起白居易的《琵琶行·并序》。这首诗写人又写己，哭己又哭人，把诗人和琵琶女二者的不同生命际遇以哀伤的基调融为一体，进而发出“同是天涯沦落人，相逢何必曾相识”的感慨。是啊！我之所以在营营役役的成年、垂垂暮暮的老年，还能忆起这些时间留下的美丽和狼藉，是因为我曾有过一段绝版的经历，前无古人后无来者……

白居易（772~846年），字乐天，号香山居士，祖籍太原，生于新郑（今属河南）。贞元十六年进士，元和初授官，历盩厔尉、左赞善大夫等职；贞元十年，贬江州司马，后转忠州刺史，又召为尚书司门员外郎、主客郎中、知制诰。长庆元年，迁中书舍人，又出为杭州、苏州刺史；大和元年，任秘书监，除刑部侍郎，晚年以太子宾客分司东都，闲居洛阳。会昌二年，以刑部尚书致仕，后病卒。主张『文章合为时而著，歌诗合为事而作』，所作诗歌大胆揭露时弊，反映民生疾苦富有现实意义。诗风浅易。与元稹并称『元白』，为中唐新乐府运动倡导者。今存诗两千八百余首，有《白氏长庆集》。

拾肆

※

客散酒醒深夜后，更持红烛赏残花

朋友来吉林多日，他是专程从花城来吉林看雾凇的。可观雾凇也讲求个缘分，有多少人来了不下N次，就是没有观赏到玉树琼花般美不胜收的雾凇。

我和南方的朋友讲："看雾凇急不得，得耐住性子，讲究个机缘，是件可遇不可求的事。说不准，你明晨醒来，江边以及十里江堤上的环江路，满树满街都能出现纵情怒放的雾凇！”

朋友为了能在最佳时段观赏到雾凇奇观，天一亮就起来，匆匆赶往江边。他像期待一场盛大祭典一样，把虔诚和渴望掩藏在心中。

雾凇不同于牡丹，它不怕寒冷；更不同于幽兰，它不喜欢寂寞。它不开凇花则罢，一旦绽放就轰轰烈烈。兴许，一夜之间，整个吉林城区便千树万树梨花开，壮丽异常。一连几日下来，人们翘首期盼的雾凇并未如期而至。江边十里江堤一改往年人头攒动的盛景，变得冷静而淡定。那些紧邻江岸的垂柳伸出修长的枝条，竭力抚弄着沉默的江水，像在不停催醒睡在江水中的雾凇仙子，似乎是在告诉她：天南地北的客人都到齐了，你醒醒，你快醒醒吧！千呼万唤后，雾凇终究没能如人所愿，它冷落了如潮看客，寒了众人的心。

雾凇是吉林市独有的自然奇观，与桂林山水、云南石林齐名。它的绽放需要特定的条件——温差。坐落于东北腹地的吉林市，无论盛夏，抑或严冬，温差都大于其他地区。冬时，白天最高气温在零下10℃左右，夜间能达到－20℃。加之，松花江流经吉林市城区一段，受上游丰满发电站长年发电的影响，江水冬天不冻，也不结冰。温差大导致江水升腾的水蒸气反挂到江边附近的树上，凝成毛茸细小的冰凌，像开放的一簇簇梨花，人们把此种自然现象称为“树挂”，也就是驰名遐迩的“雾凇”。

看来，我那位花城来的朋友大概没有这份眼福了。他虽赶上雾凇出现最频繁的时节，但天公不作美，这年雾凇节期间，天气异常暖和，连续几日的气温一如早春，阳面屋顶、楼顶的积雪都开始融化了。雾凇到了这个时节不来，就只能等明年了。

我劝慰南方的朋友："你要穷尽所有想象的空间，想象一下雾凇在阳光下与你相遇的情景。想象中的往往比看到的更有诱惑力……"

说来也巧，朋友临走那天，雾凇真的出现了。只可惜他没有赶上最佳的观赏时间。雾凇出现时，他正酣睡呢！还好，他赶上了雾凇纷纷扬扬谢幕的一刻。

如今，回想此事，让我对李商隐在《花下醉》中那句"客散酒醒深夜后，更持花烛赏残花"，又有了全新的理解。我觉得诗人是借赏残花暗示追求美好的愿望，要坚持，要锲而不舍。

想想我的那位朋友，如果不放弃，坚持自己的信念，等待他的必定是排山倒海、惊天动地的雾凇潮……

拾伍

※

何当共剪西窗烛，却话巴山夜雨时

坐在青岛街莱茵河咖啡店里，端起刚沏好的一杯地道的巴西咖啡，无意识地张一下嘴，想说点什么，抬头发现我的对面空无一人。也许来得不是时候，整个咖啡厅除我一个，再无其他客人。一种空落感油然而生。

这些天，我常常走神，心情有如二十年前听到常走的那条老晋隆胡同被拆迁时的那样。

彼时，我都是从德胜门走进老晋隆胡同，穿过老晋隆胡同，就到家了。小时候，母亲领我去河南商业步行街逛街、购物，也经常出入这条胡同。

说起老晋隆胡同，还真有一段辉煌的历史。从清朝在吉林市建城起，这条胡同里就住着当时的达官显贵、豪绅富贾。为此，胡同两侧的建筑物尽管经过百多年的岁月洗礼，依稀可觅当年的奢华踪迹。

几天拆迁下来，老晋隆胡同里的老建筑、老院落、老树、老牌楼一起消亡了，使我失去了原有熟悉的生活参照物。

站在家门口，只要抬眼往西一看，除了残垣断墙，原有的痕迹荡然无存。那条半遮半掩像城区环廊的老晋隆胡同，几天的工夫躺在一片废墟中，从这个城市的版图上隐去了。而这片废墟上，将建起一栋栋高耸的楼房。我说不出来是一种什么感觉，惆怅？怀念？伤感？不舍？都是，又都不是。

老晋隆胡同的拆迁，让我一度产生了巨大的失落感。在我心里消失的不只是一条胡同、一处老风景，而是我熟悉的生活中最不愿割舍的一部分。而老友郝炜的突然辞世，就不单单是失落感那么简单了。相处了三十多年的挚交突然离我而去，猝然间，我却感受不到痛。在那段时间里，我整个人是麻木的。直到这几天，伤痛才一丝丝自心口扩散、渗透。

失去了多年来的老友，留下了令我惶恐的虚空，遂只能用回忆拼命填充了。

三十五年前，也就是二十世纪八十年代初，老友郝炜在我市一家报社副刊部做编辑。他当时编辑主报的一个副刊《星期天专刊》，相当于现在的各市晚报。这个专刊辟了一个“荷塘诗笺”栏目，发表一些超短情诗作品。我当时是吉林市较为活跃的诗歌爱好者，常写一些小诗投寄给各报刊。报社副刊部里的大多数编辑我都认识，可由于郝炜刚调来不久，我和他并不熟识，后通过玉坤主任的介绍，我们对彼此有了些印象。

一天，郝炜致电我，说我投稿的一首小诗，他感觉不错，编到了这一期的“荷塘诗笺”里，这个星期天就能见报。记得那首小诗一共五句，题目叫《初遇》：

长句一样的街路上，

你我站成了一个冒号。

默默、默默地只有彼此心中，

飞出一只只不安分的小鸟……

这是我发表在三十五年前《星期天专刊》上的一首小诗。虽然很稚嫩，但经由它做媒，让我初识了郝炜，并由此交往开来，成为诗友，以及无话不说的朋友。

一次，和郝炜闲谈获悉，他曾在老晋隆胡同住过。看来老晋隆胡同不仅承载了我的记忆，也承载了郝炜的，还有很多很多人的。

后来，郝炜写起小说。他的小说写得特别棒，一个稀松平常的小事儿在他的笔下也能成为一篇很有嚼头儿的小说。可见其文学功力不俗，其对生活点滴的悉心揣度和精准把握令人拍案惊奇。他的小说多展现草根的生活，这与他的嗜好有直接关系。他喜欢喝酒，而且喜欢在那些不入流的小酒馆，甚至路边大排档里。至于喝咖啡，还是出于对我爱好的一种尊重，才不得不来咖啡店陪我的。

我不知道诗人李商隐的那位朋友是谁，想必他的那位朋友也和我的朋友郝炜一样，一往情深，不然怎么能在《夜雨寄北》中写出“何当共剪西窗烛，却话巴山夜雨时”这样的诗句来？

此时，我想对上苍说：“谢谢你给留下一段老晋隆胡同的回忆，给我一个和老晋隆胡同一样，不会遗忘的一位朋友。”

拾陆

※

芭蕉不展丁香结，同向春风各自愁

在众多饮品中，我独独喜欢咖啡。为此，每到一处，光顾最多的还是咖啡店。我发现咖啡这种饮品，对环境和氛围要求十分严格，不仅要求有一个充满格调和品位的空间，更要求一种恬淡、宁静、私密的人文气息。那些快餐性质的时尚咖啡店是不讲究这些的，当然，它们贩售的也算不上纯正的咖啡饮品。

来咖啡店的大多是情侣幽会或商务性洽谈。这些人来这里坐坐，不外乎是相中了咖啡店的环境。前者是来寻找一份浪漫，后者则看重这里恬淡、宁静、融洽的氛围。而我，却愿意来此独处。

独处时，我觉得咖啡和其他饮品不同，是有灵性、有语言的。这种语言只有真正懂它的人，才能明白。端起杯子一饮而尽，咖啡就会告诉你：淌到肚子里的不是咖啡，而是令人咋舌的水！这也许就是大多数人感觉咖啡苦的原因。若是端起杯子，用小勺慢慢搅着，像和一位老友娓娓聊着什么，便会品出它的醇香来。

人们之所以喜爱咖啡，许是因为它同我们有一样的特质——苦味儿。人生苦短，是说人生既苦且短，咖啡恰恰暗合了这一说法。

待人接物，我觉得也应像品咖啡一样，慢慢细细地品，不间断地调试自己的感官。人只有通过交往才能了解、认识；再了解、再认识，最终成为知己。朋友是处出来的。这话儿在理。

喜欢舞文弄墨的，自然有文友；爱好下棋的，自然有棋友；热衷旅游的，自然有驴友。而我和小庄，准确地说，是因为共同的命运使然结为朋友的。

初识小庄，觉得他不像做生意的，其言谈举止少了商人的圆滑。进一步接触下来，我发现他做事还是蛮缜密的，而且有来有往，言谈虽耿直，但对于自己认可之人还是蛮讲义气的。看来，我误读了小庄，误读了商人。其实，商人的经商之本就是诚实，和做人之道无异。我和小庄能够建立友谊也缘于他的诚实秉性。

和小庄相处的大部分时间里，我愿意做一名倾听者，听他讲述其人生的转折、生意上的兴衰、工作中让他兴奋、痛心、纠结的人与事；也愿意听他讲父子间的义重情长、夫妻间的恩怨纠葛。当然，讲得最多的是酒，看得出来，他对酒的痴迷，不亚于我对咖啡的依恋。

近来，他的生意面临转型，很是让他发愁。我的现状不比他好多少，也面临许多棘手的问题有待处理。我不说自己的愁事、烦心事，并不是说我对朋友不够坦诚，我只是不想违背自己待友的原则：不能因为自己的心情不爽，进而污染朋友的心情。

唐代诗人李商隐在《代赠二首（其一）》中写的那句“芭蕉不展丁香结，同向春风各自愁”，刚好成为我的内心独白。芭蕉没有展开宽大的叶子，自有它不展开的原因；丁香花苞不绽放，自有不绽放的理由。小庄，你说我说得对吗？

当代著名作家马丽华在《渴望苦难》一文中，有这样一句话：“缺乏苦难，人生将剥落全部光彩，幸福更无从谈起。”面对经历过的苦难，这些愁事、烦心事不过就是过烟云。只要静下心来，会尝到生活的甘甜和醇香。

小庄，你举起你的酒杯，我端起我的咖啡杯，咱哥俩干一个！你从酒中找到你的热情，我从我的咖啡里索取我的生活苦味儿……

李商隐（约813~约858年），字义山，号玉谿生，怀州河内（今河南沁阳）人，开成二年进士。年轻时备受令狐楚赏识，后与王茂元之女结婚，遂陷入牛李党争，终生屈沉下僚。开成间任校书郎、弘农尉，会昌时为秘书省正字，大中初应辟随郑亚入桂管观察使幕掌书记，后历周至尉、京兆尹，又经卢弘正表荐为宁武军节度判官，后补太学博士，再被东川节度使柳仲郢辟为节度书记，五年后随返长安，任盐铁推官，后病退郑州。为晚唐诗坛巨擘，于杜牧并称『小李杜』。其诗反映晚唐前期社会生活，倾吐心灵苦闷，体现了下层知识分子的悲剧命运；用典繁密，辞采浓艳，多有比兴象征，深情绵邈而意境朦胧，无题诗尤为后世所喜爱。今存诗六百余首，有《李义山诗集》。

拾柒

※

无为在歧路，儿女共沾巾

儿子是我和妻子两人共同完成的一部唯一的、无法复制的情爱著作。当我们夫妻俩把这本浸润着两人大半生心血的书，交给儿媳好好珍藏的一刻，我们的心像被掏空了似的。

虽然儿子娶媳妇是添人进口的喜事儿，但这一代年轻人谁还愿意和老人一起生活呢？孩子结婚后，出去单过是件自然到不能再自然的事儿了。

张罗完儿子的婚事，回到家，我看到妻子的眼圈儿还是红红的。其实，我的心里也很不是滋味儿。儿子儿媳真有这个能力担起家庭的重担吗？儿子从小长这么大，一直过着饭来张口、衣来伸手的生活，突然自己过，能操得起这个心吗？我们还有没有没帮他们想到的？小两口的事，一点都不能含糊。

我也有些失落，在妻子回到卧室后，我的眼圈儿也湿润了，泪花在眼里打转。

易中天曾说："这个世界所有爱都以聚合为最终目的，只有一种爱以分离为目的，那就是父母对孩子的爱。父母真正成功的爱，就是让孩子尽早作为一个独立个体从他们的生命中分离出去。"可当孩子真的离开时，我却不愿接受易先生这个理论。

记得1982年12月30日那天晚上，距元旦仅差一小时左右，儿子从妻子孕育九个月的暖房里出来了。儿子的降生让我转眼之间成了父亲。而我还没有做好充足的准备。

男人找到一个心上人，便以为找到了一个家；女人却不这样认为。她们的直觉告诉自己，两个人的世界对家来说，分量太轻了，没有一个东西拴着、坠着是不行的；两人像两条平行的线，这样的家不够牢实。家要牢实，需要女人从她这个点和她的男人那个点上再培育出来一个点。我和妻子的焦点就是儿子。有了儿女才完成一个男人向父亲的蜕变，未曾生儿育女之人不可能知道其父母对他的爱有多深厚。

看着儿子肉团团的小躯体，这个和自己享有相同生命密码的小生命，他的力量远比不上一株小草，小草还可以支撑起自己的生命，他却只能啼哭着寻求我们的援助。可以说，他的啼哭是天下最有权威、最有号召力的命令。他一发声，我将无条件在第一时间把奶瓶热好，热到他适宜饮吮的温度，而妻子会在第一时间用臂弯为他架起温暖的床。每当他闭眼睡熟时，妻子都会把他移至我的怀里。儿子把身子紧紧贴在我的胸口，还不忘用小手抓住我的衣襟。也许在他的认知世界里，我这里是最安全的港湾。

他是那么可爱！我常禁不住抱起他，看他眼中闪动着对我的依恋。他的嘴角儿微微一动，似乎在向我说些什么……儿子，你是我一生中最满意的作品，读着你，我就不会感到寂寞和孤单了。我的世界，满满的都是你，你的世界是什么样子？

待情绪稍好一些后，我站在客厅前，细心揣度着我市著名书法家金意庵老先生那幅遵友叮嘱为我书写的唐代诗人王勃《送杜少府之任蜀川》的字画。

诗人王勃送好友杜少府，离别前叮嘱其不要儿女情长，无论走到哪儿，彼此都是对方的知己。

现在想想，儿子不过是出去单过，也不是不回来了。先前那份失落显然是多余的，可牵挂、疼爱还是应该要的……

王勃（650~676年），字子安，绛州龙门（今山西河津县）人。高宗麟德三年应举及第授朝散郎。曾为沛王府修撰，因事革职，客居蜀中。后求为虢州参军，犯死罪，父受牵连贬为交趾令。渤渡海省亲，溺水惊悸而死，年二十七。恃才傲物，文名远扬，与杨炯、卢照邻、骆宾王并称『初唐四杰』。存诗八十余首，有《王子安集》。

拾捌

※

羌笛何须怨杨柳，春风不度玉门关

朋友打电话来问我做什么；我告诉他，“在尚德茶楼喝茶呢！”他问：“和谁？”我告诉他，“一个人，没有其他人。”朋友半开玩笑半带嘲讽道：“行啊，大隐于市，莫非你是想做隐士不成？够洒脱的。”我说：“别扯闲篇儿，有事说事。”他说：“我立马过去，等我！”

我的这位朋友做事不怎么靠谱，准确一些说，是不着调，喜欢瞎折腾。一段时间见不到他，他总会搞出些莫名其妙的事来。

前些日子，他说组织了个登山队，准备去登当地的朱雀山。没过几天，他又说要去松花江搞漂流。这回找我来，还不知道弄出什么幺蛾子来。这不，他进茶楼，屁股还没捂热凳子，就嚷嚷开了：“老哥，你猜这些天我去哪儿了？”我说：“我猜不着，你一天到晚神神道道的。”他说：“我最近去了趟甘肃。”我戏谑道：“怎么？你是不是觉得兰州拉面在那里吃，比在咱们这儿吃便宜，才专程去了趟甘肃？”他说：“不愧是文人，戏弄起人来脏字都不带。这么和你说吧，我是陪驴友去了趟甘肃辖区内的嘉峪关。”

这次去嘉峪关，他长了不少见识。嘉峪关的苍凉、雄浑，比图片上见过的更要震撼，这是他没有想到的。更让他想象不到的是，嘉峪关是一座令人难以置信的美丽之城。城市的建筑群此起彼伏，加之广场上超大的喷泉，一到晚上，当地男女老少都来此赏喷泉、散步。湿润的气息扑面而来，凉爽，惬意。如此美的夜色有如海市蜃楼一般。晨起推开窗，映入眼帘的是雪峰巍峨的祁连山，谁能相信这是沙漠中的景象？

当然，更为震撼的是西起的祁连山脉。素有“河西走廊第一隘口”之称的长城历经了六百多年的沧桑，依然屹立于大漠之上。它的宏伟、庞大、巍峨一目了然，像一匹咴咴嘶叫的战马，浩然威仪。

从西汉霍去病时代的简陋关楼，到明代嘉峪关上土黄色雄姿的长城，再到新中国成立后崛起的沙漠之城，人们的目光在历史与现实的不断交割中纠缠着。朋友觉得自己敬畏的不单是嘉峪关，而是不断续写不可能之神话的嘉峪关人。

听他娓娓讲述着在嘉峪关所闻所感，让我不自觉想起王之涣在《凉州词》中的那句“羌笛何须怨杨柳，春风不度玉门关”。过了嘉峪关，就是玉门关、阳关，更远方就是西域了。玉门关如今是什么样子，我不知道，不过，朋友的这趟甘肃之行彻底吊起了我的胃口。有机会的话，我一定也会去一次甘肃，去嘉峪关、玉门关、阳关走一走。

去玉门关前，我想还一个愿，替那位生活在千年以前的王之涣还一个愿。我要带上黑土地的黑土、黑土地上长大的白杨树结下的杨树籽，以及从松花江江边折的鲜活柳枝。我想把柳枝插在古人的坟墓前，告慰那些亡灵。“折柳赠别”的习俗在玉门关得到传承。如果他们的墓前仍是苍凉的大漠，那么，我就把黑土、杨树籽植在坟墓四周。让他们知道，后生们没有忘记他们；让我的儿孙知道，玉门关第一批挺拔的杨树是他的父辈栽种的。

王之涣（688~742年），字季凌，太原人。初以门荫补衡水主薄，因受人绯毁，拂衣去官，优游山水。开元二十年前后，在蓟门遇高适。家居十五年，出为文安（今属河北）县尉，天宝元年卒于任所。为人『慷慨有大略，倜傥有异才』。今存诗六首。

拾玖

※

采得百花成蜜后，为谁辛苦为谁甜

每年一进腊月，除了忙乎年货外，我们要赶在春节前头，给已故的家人焚香、烧纸，就是老人讲的“送纸钱”。岳母总是单独叮嘱我和媳妇，多给岳父送些。她说：“你爸活着的时候，就稀罕摆弄钱。”如岳母所言，岳父生前拿钱特当回事儿，能少花就少花，最好不花。关乎钱的事儿，他是绝对能拉得下脸儿、抹得开面儿的。

记得媳妇曾向我学说过一件事，当时我还当笑话儿听。媳妇说："你知道父亲这个人，中午若是没有客户来，他自己是不会舍得花钱吃馆子的。中午常常买几个酥饼，或是买块烤红薯，倒杯热水对付一口。买酥饼、烤红薯什么的，明明是块儿八角钱的事，他总是给帮他买东西的员工少拿几角钱，买酥饼、烤红薯的缺口钱，就自然由员工垫上。说是垫上，倒不如说是赔上了。人家抹不开脸儿要，他也不和人家提。久而久之，每到中午吃饭前后，员工看到他没有应酬，便都躲他远远的。"

后来和岳父那儿的会计老侯闲聊，对方也讲过相同的事，想必是真的了。就算是我们两口子的事儿，他若发觉能有赚头，也绝不含糊。记得，岳父那儿有一批本地产彩电，由于没有打开销路，便在市里组织以旧换新活动。媳妇想找自己亲爹换一台，后者倒是很痛快地给换了，可他连差价的零头都没给抹。为此，媳妇回来后，当着我的面儿抹起眼泪来。

算计一辈子、省了一辈子、辛苦了一辈子的岳父，走的时候什么也没有带走。出殡那天一早，岳母安排我给他拿了两个馒头，一只手攥一个。看来不论是阴间阳间，吃是最实在的，其他的都是过眼云烟。

岳父过世后，留下近四十万元没卖出去的商品，大到彩电、冰箱，小到螺钉、螺帽、打气筒的胶垫、纽扣等。留下这些东西还不如什么都没留下，他不知道留下的可是一团糟呢！

岳母娘家的老弟、弟媳妇，也就是我们这些孩子的老舅、老舅妈，平日常来岳父家。我们这些孩子对他们夫妇都很尊重。特别是老舅妈，在岳父家她的人缘比老舅好。这个老舅妈能耐大得很。岳父不少的事儿都仰仗她照应。照实说，分家产这类事儿，岳母请他们来，应该没有问题。可是，老舅、老舅妈来了两天，也没有掰扯明白这些事儿。

岳母想来想去，把我推出来，她老人家知道我在这个家里有一定说服力。他们心里都明白，老爷子在世的时候，我没有沾什么光。

我和岳母说："岳父留下来的东西，其实也好分，只要不带私心，不打各人小九九，就能分好。老舅妈平时和老二家走得比较近，况且，老爷子在世时，她也没少搂，分家产这事如果我不出差在外，我一定不会同意你找他们来的。家里四兄妹，我们家就不参加分了，一个螺丝钉我们也不要。这样，就剩下老大、老二、小老丫儿三人。老大和小老丫儿，平日里我和他们两家关系不错。他们的事我要是决定了，他们就是有想法，也抹不开面儿反对；只有老二——老二是个驴子脾气的人，把事摆到桌面上，我看他也不能说些什么。"

就这样，岳父留下来的那些东西分完了。起初，兄妹几个拿着老爷子留下来的东西，像得了一大堆金疙瘩似的。一段时间过去，这些东西却成了累赘。这些商品没有营销的平台，处处受阻。因此，他们分到的大部分东西都当破烂卖了，个别的留做自用。这兄妹几个，一个也没因得到老爷子的这些东西发达起来。其实，岳父攒了一辈子，只攒下了他的这帮儿女。

“采得百花成蜜后，为谁辛苦为谁甜？”现在再读罗隐写在《蜂》中的这两句诗，联想到岳父为人，产生了许多困惑。同时，我也担心起老爷子来，难道他在天上还在省着、苦着、算计来算计去吗？

贰拾

※

劝君不用分明语，语得分明出转难。

在接触过的生意伙伴中，我对老吴头印象最深。他在和我合伙做生意的人当中是最有特点的。他这个人文化不高，听说小学都没念完，就回家务农了。后来，一家建筑公司招建筑工人，他便开始到城里做了建筑工。起初，他学了木匠，可命运弄人，他没干几天木匠活儿，就混进了机关，然后大半辈子的时间就在机关里泡着，一直做组织、人事方面的工作，直到退休。其实，他还不到退休年龄，赶上了五十五岁一刀切。这事对别人没什么，对他却是因祸得福。按政策，他退下来的级别提升半格，混了大半辈子，才得了个正局级待遇。

想想他能在机关里混出名堂，确实有点本领。他见到谁都不忘抹拍人家衣裳几把，然后“老弟长”“老弟短”的，说些近乎话儿。有的人才几天没见到，一见面就说如何想人家。其实，他若不是找不到人家办事，这辈子也不会想起人家来。见什么人说什么话儿，是他的一大本事。

记得一次，我在市里一家叫“宴春潮”的酒店请客，来的都是市里相关部门退下来的老领导。其中有原市建委老主任、市建行老行长、市人大的老主任。他们和老吴都认识，但不熟。可建委老主任和老吴头不但熟，还有一定的了解。建委老主任是搞业务出身的，没有总在机关里混的人圆滑，怎么想的就怎么说，喜欢直来直去。他看到我请的人中有老吴头，一猜便知和我有关，于是，毫无遮饰地当着老吴头的面，揭起他的短来。

老主任说：“小吴，你就是在房产口混，要是在建委口，就你这德行，我肯定让你哪儿凉快去哪儿！怎么，听说你退下来后，还混了个正局待遇？”

我看到老吴头的脸先是一沉，没一两秒钟的工夫，又恢复常态。看到这微妙的变化，我不禁想起川剧中变脸绝技来。他的脸儿变得比川剧还快。

老主任刚落座，老吴头便笑嘻嘻道："老主任，那年你让市里给建委配一个副书记，当时我打算去来着，虽说是个副职，可我并不是奔着那个位置去的。我这个人没搞党建、带班子的本事，可伺候人还是马马虎虎能过关的，伺候老主任，给老主任打个下手，混套房子，这才是我的本意。后来听说老主任早有人选，我也就死了心了。"

老主任明知他在挑衅，但场合所限，也没有和他计较的必要，便哼了一声，没再说什么。其实，老主任心里明镜似的，逢场作戏、随机应变是老吴头的强项，不然也不会在机关里左右逢源，一路畅通。

记得和老吴头合伙做生意那年，电视剧《宰相刘罗锅》正在热播。印象最深的是刘罗锅老丈人的那句"皇上吉祥、太后吉祥、皇上圣明"，太经典了。这句台词在官场上就是一道护身符。老吴头不一定能理解这句台词的玄机，不过，他确实做得一点也不比"刘罗锅老丈人"逊色。他的官场哲学已达到相当高的水平。

我跟老吴头一起做生意，收获的不止这些。他说的话乍一听似乎有一定道理，可静下心来琢磨琢磨，又觉得好像什么都没说似的。表面看，他的群体意识特别强，其实私心重得不能再重了，总能把"私"字藏在公事里说。

那年八月十五前，他明明是和自己的一位朋友合伙推销高档月饼，和我说的却是："现在市里进了一批广式月饼，我回局里办事，听说那些局长们一个人都搞了好几份；还听说，他们打算把这种月饼往市领导那儿送呢！"我问："你什么意思？"他说："没什么，只是说说。今年咱们送点啥儿？"我说："还没想好呢。"他说："不然咱也买一批这种高档月饼？"我问："你有这个想法？"他说："我只是随便说说。"我本以为这事只是随便说说，也没有往心里去，毕竟距离中秋节还有一段日子。可这事儿说完还没过一周，他拿着两份月饼到我办公室来了，一进门便说，这月饼是他的一个老部下搞来的。也巧，那天他和老伴去菜市场遇见了这名老部下，对方让他给我拿两样品种的月饼尝尝。起初，我还以为是他给我的，听这么一说，我就明白了七八分。我想，不就是几箱月饼吗？还至于这样绕来绕去？过了好长一段时间，我才从他老伴那儿知道这件事的真相。在买月饼这事上，他净赚了一万多。也就是说，他通过折腾，居然比我多得了五六千元。

近来没事的时候，我喜欢翻翻唐诗，无意中从罗隐那首题为《鹦鹉》的诗中，找到了老吴头为人处世的影子："劝君不用分明语，语得分明出转难。"诗人看似在写规劝鹦鹉，其实是在劝导自己：无论在官场，抑或生意场，有些话不说明白比说明白的要好。不过，我不敢苟同此观点，觉得做人还是坦诚些好。老吴头那样做有老吴头的想法，这样或许同他的经历有直接关系。

虚荣没有错，但是虚伪就不好了，你说，是不是？

罗隐（833~909年），本名横，字昭谏，余杭新城（今浙江富阳）人。十举进士不第，乃改名。黄巢起义时，避归乡里，后依镇海节度使钱镠，历任钱塘令、著作佐郎、给事中等职，世称『罗给事』。工诗善文，笔锋犀利，尤长于近体，多有讽刺现实之作。今存诗四百八十首，清人辑有《罗昭谏集》。

贰拾壹

※

狂风落尽深红色，绿叶成荫子满枝

每年至暮春，我都会为一个活在过去的女人，纠结好一阵子。歌者一样的风吹过，留下一地落花；雨滴声像架子鼓敲出来的震撼音符，在耳边萦绕，过往的点点滴滴依稀浮现。梦中的杏花、桃花刚刚染红山村的沟坎，春天便被风掠走了，直到青草长至和地平线等高，湿漉漉的夏夜打湿窗帘那一个夜晚，我的心才能平静下来。

二十七年前，我和百玲的再次邂逅如同暮春时节，彼此都错过了相守的最佳时机。

爱对于人的一生来说，永远都是一个问题，而非答案。既然是问题，就不会有对错。任何年龄都会产生爱，只是当我不再年轻时，它的出现变得面目模糊了。

如果没有那次商场向社会招商，如果那次招商广告中不出现我的名字，那么，我们之间也许只限于认识，便不会发生让我能够纠结大半辈子的事儿。

当然，人生不会出现那么多“如果”，也根本不可能有那么多“如果”，爱就是爱了。人可以在长时间内忍受重压，忍受无聊空虚，但对爱的免疫力却近乎为零。生理上的出轨固然可怕，心理与精神上的出轨则具有更大的摧毁力。受制于道德传统的约束，我和百玲始终发乎情，止乎礼。记得，我们是在百玲父亲家见的面。要不是百玲带我去，我就是找上一天，也不见得能找到。那个小区不同于其他商品房住宅小区，一般小区都是南北朝向，而身处这个小区几乎分不清朝向。

现在回头想想，一个人的居住地同他的性格生成必定存在某些联系。百玲的性格和这个小区的格局很像，看似简单，实则缜密异常。彼时，女性大多留着长长的披肩发，或扎一个马尾。她却梳着一个高挽卷儿，发间插着一根簪子，标准的仿古式发型。

这也许是她对所处环境和时代的一种叛逆。

这些都不紧要，我发现我和百玲都不自觉地走进了生活的盲区。

记得她和我说："我是按照你的外型找爱人的。"我的心情一下子沉重起来，扪心自问：是不是因为我的出现，让她这辈子只能活在缥缈的影子里？

"为你打点行装的那个女人不是我，我只能搂着你的影子，枕着长长的寂寞入眠。"

"为你，我愿摘下所有的春色，疗我相思的忧伤……"

这是百玲发表在散文诗月刊上的两句诗。从诗中，我读到了她的痛苦和忧伤。我想到了杜牧在《叹花》中的两句诗："狂风落尽深红色，绿叶成荫子满枝。"属于我们的春天已经过去，就把春天发生的事当成一个故事吧！人生不仅只有花儿、草儿……

百玲，你说我说得对吗？

贰拾贰

※

鸟去鸟来山色里，人歌人哭水声中

书房内至今还挂着恩师——著名国画家贾成森先生为我喜迁新居时，特地创作的一幅国画作品《小楼春色里》。当时，我只顾着忙东忙西，没有静下心来仔细揣度恩师画作的深邃意味，更未察出他对学生的一片良苦用心。

恩师为什么要送我这样一幅画作呢？所谓的“春色”，也只是画作右上角处一枝细细的梅花枝头上，点上几点淡淡的朱砂红，外加浓淡有致写意手法的飞鸟。从我个人理解上，飞鸟应该是由远而近的排列顺序。除此之外，就是一座掩藏在树影婆娑中的古典阁楼。余者皆是一片水墨渲染出来的山水。

百思不得其解之余，我蓦然想起杜牧的两句诗，“鸟去鸟来山色里，人歌人哭水声中”，借此对六朝变迁而兴世事多变、朝代兴衰难料发出无限感慨。恩师生活在太平盛世，为何借由画作感慨良多？

我的思绪又不自觉定格在晋隆胡同。自从老晋隆胡同从这座城市的版图上消失后，生活在西部的居民像失去通往牛马行的一条主动脉。一度人头攒动、吆喝声此起彼伏的热闹场景，因主动脉的消失，变得冷清起来。牛马行，这个有着一百多年历史的商贸区，再也不会有过往那熙熙攘攘的景象了。就连新中国成立后一度热闹非凡的河南街、商业步行街，也失去了往昔的人气。

想到这儿，我禁不住担忧起原来那些老字号的命运来。“真不同”饭店没了，“会友发”包子铺也仅剩下了一角，“新兴园”饺子馆的规模在不断缩水，这条步行商业街上，只有“福源馆”食品店还没有失去当年的风采。饮食行业尚且如此，百货等其他老字号消亡得更为决绝，“长盛东鞋帽店”“民生商场”已不复存在。这样，河南街、步行商业街的西出口就只有“东方商厦”一家独大了。当然，也有等同于“东方商厦”规模的“商业大厦”

比邻，以及一些特色店星罗棋布其中，可或多或少都缺了点“老吉林”的味道。

小时候，一到节假日或星期天，母亲都会领着我去北山公园玩。我站在北山制高点，放眼望去，吉林城区是灰色调的。灰色是这座城市的主色。街道、小巷分布于这些老式破旧的建筑中，而这些老式建筑则像国画中叫“皴法”的那类笔触，把城区填得满满的。若是深入其中，会发现一家一户又像工笔画，细致而区分度高。当然，这是指那些独门独院的人家，大部分还是含混的，一个大院里住上几户人家，无论怎么看，都很难辨别出来谁是谁家的。

“邻居”在当时就相当于亲人。家家户户虽然都有院墙，可它们形同虚设，彼此往来亲热得很。如今住进楼房，“邻居”就变成了陌生人，比邻而居，连面都照不上。

随着时代日新月异的变化，这座有着百年历史的城市中的人文景观，渐渐淡出人们的视线，并最终会被淡忘。恩师送我的这幅《小楼春色里》时，赶上我乔迁之际，寓意深远。他是想告诫学生，发展的同时不要忘记传承。“鸟去鸟来山色里”为恩师这幅画中的飞鸟做了再清楚不过的注脚。它们一定是去了，又回来。愿恩师的愿望能够成为现实。如果是这样，学生此生便再无憾事了。

最后，我想对这个城市尚存的那些人文景观说：“你们有权拒绝消亡，你们有生存下来的权利！”

杜牧（803~852年），字牧之，京兆万年（今陕西西安）人。大和二年进士，历任校书郎、淮南节度推官、监察御史，转左补阙、比部员外郎。会昌二年出为黄州刺史，后迁池州、睦州。大中二年擢司勋员外郎，后出为湖州刺史，再入为考功郎中，终官中书舍人。秉性刚直，屡受排挤，一生不得志。工诗能文，诗名最著，长于近体，尤擅七绝，与李商隐齐名，世称『小李杜』。诗风俊爽，辞采清丽，今存诗四百八十多首。有《樊川文集》。

贰拾叁

※

须知香饵下，触口是铦钩。

父亲参加工作时，就被安排在百货系统，应该算得上是个老商业人了；退休后，又先后开了鞋厂、酒厂等；老了老了心气儿还不减，养过鸡、养过猪。可是，折腾来折腾去，他一样买卖也没做起来。

记得他刚退下来的时候，在我市著名商业区——河南街租了个小摊位，做点服装小生意。说来也算安稳，除了父母二人的退休金外，有了这个小买卖，生活过得还算充裕。

一次偶然的机会，父亲遇上一个多年不走动的远方亲属。论辈分，我应该管他叫舅。父亲从他的言谈中获悉，他现在雇了几个南方来的鞋匠，开了家私人小作坊，制作在当时看来比较时髦的军钩鞋。据说，销得还不错，利润相当可观。

父亲听了后，心里就像长了草。他盘算着也开个鞋厂，如果做出点规模，大舅的那个小作坊就是“小巫见大巫”了。一年下来，赚个百八十万的不是问题。于是，父亲下决心办一个鞋厂。

办鞋厂可不是件小事，算是个大买卖了。租房子、上设备、办执照、招技术工人、采购原材料，样样都得往里投钱。当时，我家的经济情况是只够年吃年用的，有点积蓄也不多，真的不具备办厂的条件；要是干的话，也只能东借西凑。

母亲对办厂持否定态度，可又拗不过丈夫，只能听之任之。

为了办厂，父亲把能张口借钱的朋友借了个遍。接着，又张罗着把租来的房子改隔段、搭架子、支台子、稳设备，仗着他平日愿意鼓捣些木瓦匠活儿的经历，倒也干得如火如荼。

起初，鞋厂的生意还不错，鞋做出来多少，就能发出去多少。可几个月下来，钱的回笼情况却亮起了红灯。原先发出的货，账没有结，新货又囤了一大批。没多久，人工工资发不下来了，原材料告急，原赊欠材料的店商找上门来，逼着父亲结账，企业不得不关停。

当时，父亲还比较乐观。他手中毕竟还有那么多货，以及那么多往来账款没有结。到了年根底下，他却真的傻眼了，手上那些货，加上积压下来的货，一双都卖不出去。

进了腊月，讨债的人陆续找上门来。母亲看在眼里，急在心里。这次，她没有征得父亲的同意，给盘石、扶余的侄男弟女都发了电报，让他们速来我家。

一份份电报发出去后，亲朋好友都来了。母亲拿出一大批货，分别让他们带回去，央求他们到当地集上卖，卖了钱可自留一些，剩下的钱汇回来就行。还别说，逼近年关，钱陆陆续续地都汇来了。

现在想想，是母亲帮父亲度过了这个年关。年是过了，可父亲还有一大笔亏空还不上。

那年正月初五，弟弟把他家的邻居小李子领来串门。晚饭后，父亲和小李子聊了起来。小李子说："叔，开酒厂，做白酒生意能赚大钱，比你开鞋厂强多了。"

父亲像找到一根救命稻草似的，没和家人商量，又跟小李子定下了开酒厂的事。

酒厂开了一年多，是把鞋厂欠下的账还上了，可酒厂落下的饥荒更大。这次，母亲对父亲彻底死心了，坚决不让他再干了。她说："老周，你再这样折腾，这个家就完了。从现在开始，你什么都不要干，咱别再做梦了，消消停停地过日子。”

为此，母亲把我找回家。我知道她的意思，我生意做得还行，母亲想让我帮父亲处理这些欠账。父债子还，这是一个古训。无奈之下，我把父亲这些欠账全揽了过来。

后来，父亲背着母亲找我，说养鸡赚钱，我就偷偷给他投了些钱，可养鸡没挣到钱。他又说养猪能赚，我又给了他些养猪的钱。我当时想，父亲已是年逾古稀之人，给他拿点钱，赚个营生，也没什么，只要他高兴开心、身体硬朗，比什么都强。

如今回头想想，父亲是被市场经济中五花八门的生意迷住了。这些生意就像香饵，里面藏着钩，却被人们忽略了。其实，生意本身就是双刃剑，没有把持、驾驭投资风险的能力，千万不要碰它。

唐代诗人李群玉在《放鱼》一诗中，有云："须知香饵下，触口是铦钩。”经商者切勿盲目投资，还是很必要的。

父亲的事让我联想到近些年的各种理财产品。能够有效规避、控制风险的理性投资才是应当提倡的，不是吗？

李群玉（808~862年）字文山，澧州（今湖南澧县）人。举进士不第，屏迹山林，苦心为诗。后以布衣游长安，向宣宗献诗，经令狐綯、裴休推荐，授弘文馆校书郎。四年后衔冤去职归乡，苦闷而终。能诗文，善吹笙，工书法。其羁旅诗真情充溢，成就较高，名句甚多，为后世传诵。今存诗两百六十六首，有今人羊春秋辑注《李群玉诗集》。

贰拾肆

※

逢人不说人间事，便是人间无事人

深入了解叔儿，是在集体户房子翻盖那会儿。当时，我们这些知青都被生产队安排到老乡家里住，我寄宿在叔儿家。叔儿和婶儿的性格迥异，简直就是冰火两重天。叔儿是个少言寡语的人，婶儿却是个有事没事都喜欢瞎叨叨的一个人。

叔儿常和我说：“嘴要是把不住门儿，是要惹出是非来的。

男人千万不要往是非堆里钻，张家长李家短的，那是张家和李家的事儿，掺和不得。”

细想，叔儿说的话在理。回城后，我在机关工作了一段时间，那时一些芝麻蒜皮的小事，传来传去就传走样了。

一次在叔儿家，婶儿当着他和我的面，没鼻子没脸地数落女儿小薇，说她不知廉耻，小小年纪书没念咋样儿，却搞起了对象；还有一些更难听的，都端不上台面儿。叔儿一句话儿也没说。当时，我以为他觉得小薇毕竟是女孩家，他不便插嘴。后来发生了一件事，才让我懂得了叔儿的真实用意。

小薇的事很快就在村子里传开了，弄得沸沸扬扬，我作为外人，都听不下去了。

一天，婶儿出去，就剩下我和叔儿两人在家，我便告诉叔儿小薇妹的事儿：“外面人都说小薇妹和那个男的在一起。小薇妹不会有事吧？”

叔儿说：“你们这帮城里娃儿就知道读书识字，世间的事儿就一点不懂？村里的娃儿咋啥都知道呢！”

叔儿没正面回答我。既然如此，自然没有追问下去的必要。可叔儿的另一番话让我顷刻间明白他为何一言不发了。

叔儿说：“谣言止于智者。他们说什么，你都不去理会，他们今天说，明天说，后天再说，听的人就越来越少了。再过一段时间，自然就没人嚼舌头了。小薇的事儿，我心里有数。”

叔儿说得没错，没过几天，小薇的事就再也没人提起了。

弹指一挥间，已经过去四十多个年头了。叔儿待人接物的方法和理念对我的影响很深。诗人杜荀鹤之所以能在《赠质上人》中写出“逢人不说人间事，便是人间无事人”的名句，或许是和我一样，在特定的时间节点上，遇到了叔儿这样的睿智老人。

叔儿，谢谢你！我自以为读了不少书，可教给我做人处世的人还是你。看来，经验不仅仅是书本里有，现实生活中远比书本上要多得多。

杜荀鹤（约846~约907年），字彦之，池州石埭（今安徽石台）人。屡试不第，黄巢起义时隐居九华山，自号九华山人。大顺二年四十六岁时始中进士。初为幕府从事，后朱温荐为翰林学士，五日后遇疾而卒。自称『言论关时事，篇章见国风』（《秋日山中》），其部分诗篇反映唐末社会矛盾和人民的悲惨境遇，语言明畅，篇制短小，多为律绝人称『杜荀鹤体』。今存诗三百二十六首，有《唐风集》。

贰拾伍

※

未谙姑食性，先遣小姑尝

记得我和妻子结婚第二天，她就接过母亲的班，下厨房操持一家老小的吃喝大事。印象最深的是妻子做的第一顿饭菜，虽算不上丰盛，但也有滋有味。况且，生活在特殊年代，想丰盛也没那个条件。

吃饭时，我无意中发现了一个细节。妻子那天做的饭有一大部分都是母亲喜欢吃的菜。按说，妻子婚前没在我们家吃过几回饭，母亲也从没和她说过自己喜欢吃什么，她怎么会知道呢？

母亲若是不说，就连我这个当儿子的恐怕也很难说出一二来。我们家还有些老派的传统，就是有点好吃的，都先可着父亲，然后，才是我们这些孩子，母亲从没表露过自己的口味。

想不出个所以然，索性就把此事归结为女人在饮食上的偏爱存在共性，或者说是心有灵犀吧！重要的是，母亲她老人家高兴就好，婆媳关系融洽就好，我们这个家和睦就好。

女性之间在口味上确实存在某些共性，但也有个性差异。就拿妻子和妻妹说，前者喜欢吃酸的，吃什么菜都会倒点醋，但不吃辣；而后者嗜辣，刚炸好的辣椒油都能挖几勺放嘴里干嚼，无辣不欢。一奶同胞的嫡亲姐妹都存在这么大的差异，何况婆媳间呢！

我就此问题问过妻子。起初，她只是淡淡一笑，并没答复。她以为我是没话找话，故意讨好她。我再次追问，她便认真地说："论细心，还是女人比男人强。既然嫁给你，就要事先熟悉你家的情况，当然包括你的父母了。你记得不记得会亲家那天，我坐在两个妈之间，她们老姐俩唠的什么我都听得一清二楚，其中包括咱妈喜爱吃什么，我都记住了。"

听妻子这么一说，我才恍然大悟。看来，她想得比我周到多了。难怪妻子做起家务来轻车熟路，什么东西放在哪儿，她一猜一个准，好像她是这个家的主人，我倒成了客人似的。

妻子给婆婆做饭，是老辈留下来的传统，通过做饭，婆婆能够检验出儿媳称不称职，儿子找没找对人。不是有句话说，“想要留住男人心，首先就要留住他的胃”?

比起母亲，妻子就没有这个福分了。儿子儿媳结婚后就搬出去单过了。别说，儿媳还真给我们做过一顿饭。她的荷包蛋手擀面做得还真地道，如果儿子不说破，我和他妈还以为儿媳是做饭高手呢！儿子说：“鸡蛋手擀面是找人家加工的。鸡蛋是在楼下小吃部花钱卧的。她只是烧锅水、把面下到锅里煮好了，再加上预先卧好的鸡蛋。她也就会煮个方便面什么的，别的一概不会。”

不管怎么说，母亲还是喜滋滋的。她说：“孩子有这份心，比什么都好。”

据我能找到的资料，过门媳妇给婆婆做饭这个传统能追溯到唐朝。王建以《新嫁娘词三首（其一）》为题所做的诗文，全景呈现了新媳妇初次操持家务的微妙心态。“未谙姑食性，先遣小姑尝。”儿媳不知公婆喜欢吃什么，把做好的菜先让小姑子尝一尝，以此摸索出公婆的饮食喜好。

随着中国家庭的变革，家庭结构逐渐向单一化演变，过去那种四世同堂的格局已经成为历史。“过门媳妇给公婆做饭”这一传统也日渐淡化。我们这一辈人还能抓住点尾巴，等到儿子这辈人只能把这事作为故事讲给孙子听了，至于孙子那辈人怎么样看，谁又能说清楚？

王建（768~835年），字仲初，关辅（今陕西）人，郡望颍川（今河南许昌）。贞元中起历佐淄青、荆南诸幕，元和八年为昭应丞，转渭南尉，累迁秘书郎。大和二年出为陕州司马，世称王司马。晚年告归，卜居咸阳，穷困以终。长于乐府，与张籍齐名，《宫词》百首，尤传诵一时。今存诗五百二十余首，有《王建诗集》。

贰拾陆

※

草木有本心，何求美人折

都到这个季节了，我家小区门前那棵老杏树才开始露出星星点点粉红色的春意。不过，单看那弯曲的枝干，依然像冬天里最后一片雪那样冷峻。

记忆里，每年春天，它总比小区里其他杏树晚开花，结出的杏儿也晚熟一些，却又大又甜，不枉你一场苦等。

这棵老杏树不温不火的劲儿，有一种临大事不惊不燥、静气从容的老者风范。

树和人不同，不喜欢扎堆儿，也从不追逐时尚，个别品种除外。树的世界里，彼此之间多少是有些疏离感的。它们在同一个季节里绽蕾、开花、结果，方式各异，以致在同一个季节里变绿、变黄、变红，给人各自为政的感觉。不过，多数树到了夏天，就不会被人看出差异来了。到处是绿，且绿得无遮无拦，能和天上的云朵比肩了。

人们通常不会留意夏天的绿色，它们也有疏密、浓淡之分。其实，夏天的绿色依然是清晰可辨的。就说杨树吧！没有风时，它的叶子是一水沉闷的深绿，稍有风的流动，阳面的树叶就像深绿色的玛瑙，耀眼得很。而叶片的背面却像淡绿色的翡翠，绿得玲珑通透。

即便同一个品种，细心人会发现树与树之间也是有区别的。生长环境完全一样，结出的果子味道却不尽相同。我在同一片樱桃林中，分别摘下几棵树上的樱桃，依次放进嘴里品尝，口感极为不同。我想，樱桃也和人一样，一奶同胞却性格各异。甜的是性格温婉可人的那类，酸的是性格刚烈的那类，至于那些尝不出味道的，应该是不言不语、老实巴交的那类吧！

我曾把一棵小杏树苗儿从小区门前挪回家，放到一个大花盆里养起来，细心侍弄，定期施肥，定时浇水。头几天，它确实有些打蔫儿，几天后，小树缓过来了，长得还蛮精神的。我窃喜，明年春天不用出门，也能赏到杏花了。可一进秋天，这棵小杏树就委顿了。是不是得了什么虫病？我去花店买来杀虫药，每天按量把药放到喷壶里，用水稀释，喷洒在打卷儿的叶片上。此刻，我急切地等待着有奇迹出现。但已无力回天，小杏树一天不如一天，最后还是枯死了。

我倒出花盆里的花土时发现，小杏树一个夏天居然长出了这么多的根须，一圈一圈绕在花盆里。我暗惊，这棵小杏树曾这样不动声色地找到了自己的出路。

跟人相比，树的无声无息里有着不易被人察觉的智慧。它像一种只有少数人才能读懂的文字，那些能读懂的人，会生出读懂后的相惜和静默。读不懂的人便是路过。

诗人张九龄看来真懂得草木，不然怎能在《感遇十二首（其一）》中吟出“草木本有心”的诗句来？

我从未想刻意走进树的世界，倾听它们的故事。不过是看它们不紧不慢地在泥中鼓捣来鼓捣去，然后，等它们生出一圈圈年轮，从树根到树梢，每一圈都是故事。这也许不是树的本意，不过，我猜测一定是张九龄的真实用意，不然，他怎么连美女折一枝都那样不情愿呢？

张九龄（678~740年），字子寿，韶州曲江（今广东韶关）人。长安二年进士，初授校书郎，先天元年任左拾遗，历官桂州刺史、中书侍郎等职，开元二十一年拜相，后因李林甫进谗罢免，不久，出为荆州长史。为官廉正，是唐代著名贤相，工诗能文，名重当时。今存诗二百二十一首，有《曲江张先生文集》。

贰拾柒

※

旧时王谢堂前燕，飞入寻常百姓家

从上两辈以及和妻子的个性差异上，我开始相信夫妻间确有性格互补一说，这或也是冥冥之中上天安排的。姥爷性格内敛，做事严谨，过日子善于谋划；姥姥则是外向的，做事随意，不善计划；父母的性格正好和姥爷姥姥相反，母亲性格随姥爷，内敛、严谨，过日子比姥爷算计得还细；父亲的性格大大咧咧的，比之姥姥有过之而无不及。可我和妻子从性格上讲，有点难分伯仲。老少三辈人中，还是姥爷、姥姥的个性差异尤为突出。

在姥姥的人生哲学中，“吃”是头等大事。她认为穿好的是给别人看的，不实在；只吃到肚子里的，才是真的得到了。姥爷则不然，一辈子干净利索不说，最在乎的就是穿。姥爷常说：“吃好的有啥用？还不是香香嘴巴、臭臭腚？”而姥姥一天不买点什么吃的，心就痒痒。姥爷不舍得花钱，姥姥就帮他花，真是一对最佳搭档，有赚的、有花的。

那次，姥爷去县里开了几天会。他前脚走，姥姥后脚就让二姨去菜市场买了些洋葱回来。她说：“我们这帮小崽子，上次吃了我做的洋葱炒鸡蛋，时不时还和我嘟囔，什么时候再炒一盘吃。”其实，我们几个孩子只是说说，也没真当回事儿。姥姥说的“洋葱”，其实就是圆葱。不知道为什么，姥姥管它叫“洋葱”。也许圆葱这种蔬菜是舶来品，彼时，老辈们习惯在一些稀罕物件前加一个“洋”字。比如洋车、洋戏匣子、洋火等，好像但凡沾上了“洋”字，立马身价大增。不过，这也从另一个侧面反映出那个时代物资是匮乏的。

圆葱炒鸡蛋这类事，实属即兴而为。平日里，姥姥那儿的小吃食也不断。她有一个大匣子，里面常装着一些糖果、小饼干什么的。我和舅舅、姨妈家的孩子一疯起来，就没完没了，睡点不睡觉，饭点不吃饭。吃饭的事还好说，叨上一个馒头，也不至于饿肚；睡觉不行，到点不睡，早晨就起不来。姥姥常拿出些小食品，每个孩子给上一小把，让我们吃完就睡，不睡的话，明天就不给了。嘴馋的我们只能乖乖听话。

孩子里，姥姥最喜欢我。她会时不时地带我去街里唯一的冷饮摊，吃雪糕。然后告诉我，“不要和舅舅、姨妈家的那几个孩子说哦！”

特别是春节前那段日子，大人们都忙着包冻饺子，是留到过节时吃的。可姥姥不管，一到中午，她就背着姥爷、舅舅、姨妈这些大人，偷着给几个孩子煮上一盘吃。过节那几天，我们从早到晚都不停嘴，一会儿吃把花生，一会儿又抓几块糖；其间，还吃些冻梨、冻柿子什么的。等到正式吃饭时，我的小肚子都撑圆了。如今，每到春节，我都会想起小时候的事儿，也会想起随性的姥姥。不觉间，她老人家离世已有三十多个年头了。然而，我却对她给我的儿时温馨难以忘怀。

记得姥姥生前最大的愿望是吃一顿虾饺。那个年代，哪儿去弄鲜虾呢？别说吃虾饺了。现在好了，吃顿虾饺是件平常得不能再平常的事，就是算吃顿皇家私房菜，也没什么不可的。姥姥喜欢“吃”，可她没有口福，没有赶上好时候。

想到这儿，我不禁想起刘禹锡在《乌衣巷》中写的“旧时王谢堂前燕、飞入寻常百姓家”。刘老先生要是能看到我们今天的生活，不知会作何感想呢！可姥姥一定会想：有这么多好吃的东西，我那帮小兔崽子们又会撑圆肚皮了……

刘禹锡（772~842年），字梦得，洛阳（今河南洛阳）人，生于苏州（今浙江嘉兴）。贞元九年进士，初授太子校书，转杜祐幕府书记，后调渭南主薄，入为监察御史。因参与永贞革新，贬朗州（今湖南常德）司马。十年后召还，再贬连州（今属广东）刺史。穆宗即位，为夔州刺史，再改和州。宝历二年罢归洛阳，后历任主客郎中等职，又出为苏、汝、同三州刺史。开成元年，迁太子宾客、分司东都，后改秘书监，加检校礼部尚书，会昌二年秋卒于洛阳，世称『刘宾客』。其诗豪健雄奇，当时有『诗豪』『国手』的美誉。今存诗八百余首，有《刘宾客文集》。

贰拾捌

※

传情每向馨香得，不语还应彼此知

上中学时，父亲养了一院子花儿。我家那个小院大约有一百平方米左右。父亲除留下一个窄窄的过道外，两旁全摆放着大小高矮不一的花卉。高大的直接放到小院地上，矮小的就被摆放在事先搭好的花架上。

那时，父亲侍养的绝大多数是月季花，不下十余种。那些红黄相间的，父亲叫它“国华”；白中泛绿的，叫它“德国白”；还有一种开清一色黄花的，叫它“菜花黄”。“国华”还好理解一些，这种月季花外形酷似牡丹，仅雍容华贵这一点，称“国华”当之无愧。“德国白”就有点让人费解了，难道开白花的月季花真是舶来的？至于“菜花黄”，一个多么朴实无华的名字，一听便会让人联想到黄到天际的油菜花海了。

父亲喜欢花，愿意养花、侍弄花。受父亲的影响，我也喜欢花，成家后也愿意养花。至于侍弄花，我没资格说，那需要的可不仅仅是知道几个花名那么简单。有的花喜欢酸性土，有的花偏爱碱性土，有的喜欢水大，有的则喜欢干燥。土和水是这样，肥就更有讲究了。父亲能拿捏好这些，而我同父亲比起来就逊色多了。

父亲侍弄了大半辈子的花，觉得花是通人气儿的。中学毕业后，我直接下乡插队，这一年的花开得特别不好，叶子和枝条长得都很壮实，可花蕾却不多。父亲说：“孩子要走了，我没有心情照顾花草。”想来，这些花草是理解父亲心情的。

在我养的花中，尤喜茉莉花。论雍容，它比不上牡丹；论艳丽，它不能同月季、玫瑰、杜鹃、茶花相比；论香味，它没有玉兰、栀子那样张扬。可是，我就是喜爱它，像彼此相爱的两个人，不需要理由。

我爱茉莉，是爱它藏于白色花蕊里的内涵。品茉莉不是用视觉，只需闭上眼睛，扑鼻而来的独有香味瞬间充盈脑海。如果不是亲历茉莉的开花过程，定不会相信这小得如指甲大小的花，竟能释放出这样强烈的香味来。

每到茉莉开花的时节，我一进屋，便会闻到从阳台飘来的花香。可只要有茉莉，其他花就黯然失味了。即便不开花，风从窗外吹进来，茉莉花叶的窸窣声响也会让耳朵生出痒酥酥的感觉。

我和茉莉花的感情，一如我和妻子。往往是妻子还没进屋，只要她一上楼，我就能从脚步声辨析出来；妻子于我亦然。看来，夫妻间的默契不一定非得靠视觉。女诗人薛涛在《牡丹》中轻吟，“传情每向馨香得，不语还应彼此知”，说的也是这个道理，不是吗？

薛涛（约768~832年），女诗人，字洪度，长安（今陕西西安）人，幼随父入蜀。姿容美艳，聪慧能诗，多才艺，声名倾动一时。贞元初沦为乐妓，后还居成都。元和时武元衡入相荐为校书郎，时称『女校书』。与元稹、白居易、张籍、王建、刘禹锡、杜牧、张祜等人多有唱酬。原有《锦江集》，已佚。今存诗八十八首。

贰拾玖

※

妆罢低声问夫婿，画眉深浅入时无

妻子爱打扮，吃的好坏不要紧，穿的一点含糊不得。为此，我每次出差回来，特别是去沿海发达地区，或国外及港澳台地区，首先想到的是给妻子买回一两件时尚的服饰。有时，也会想着给妻妹、儿媳买一两件。女人爱捯饬，在条件允许的情况下，我都会尽力满足她们。

直至今日，妻子的服饰中，有一大部分是我买的，还有一些是我帮她精心挑选的。给女性购买服饰是一个重要的研究课题，里面大有学问。买服装，特别是时装，要因人而异。比如，体态偏胖的女性，要尽量规避带波点、碎花图案的，不妨买些深素色或竖条纹的试试；若肤色白皙，可穿一些深色的服饰，这样对比反差大，能突出肤色美。穿衣戴帽最忌没有个性，随波逐流。

前些年，市面上流行一阵子体形裤。此类裤子适合腿长、偏瘦、腰身匀称的青年女性。体型裤，顾名思义，穿上这种裤子能够更好地显露体形，彰显女性凹凸有致的线条美。但若盲目追求时尚，往往会适得其反，反而暴露身材的缺陷。当时流行这样一句话：不管多大肚儿，都穿体形裤。一语中的地揭示了国人不管不顾的从众心理。

值得庆幸的是，妻子并未随波逐流。她会有选择性地在众多时尚服饰中，买那些适合自身条件的服饰。在这个问题上，我和妻子是有默契的。有时，我的眼光比她更独到一些。这或许和我早些年喜爱美术，后又从事文学创作有关；或许是从小受母亲的艺术熏陶有关。

一次，我去昆明出差，闲暇之余逛商场，相中了一款女士小衫。起初，我只打算给妻子买一件，可算了一下行程，到家那天是3月7日，第二天就是妇女节了，总得给家里的女人们买些礼物吧！于是，我给妻妹和儿媳也各买了一件。我知道妻子喜爱中性色彩，妻妹喜欢艳丽色彩，可儿媳就有些拿不准了。我仔细地观察进出商场与儿媳同龄的女性服饰的颜色和花纹，一一比对，最后为儿媳选定了一件。

回到家，三个女人试穿后，都感到相当满意。妻子说：“老公有眼光。”妻妹说：“姐夫真会买衣服。”儿媳说：“老爸这个岁数还能与时俱进，真不简单！”

其实，每件衣服中都包含着我对家人浓浓的爱。唐代诗人朱庆馀在《闺意献张水部》中写道：“妆罢低声问夫婿，画眉深浅入时无？”现在想想，诗中叙述的不仅是夫妻间小恩小爱的场景，更是妻子对夫婿深深的爱。爱是美的，如玉般没有一点瑕疵。为此，对画眉这样的小细节，都要低声问一问夫婿。从中我更理解了“默契”一词的内涵，夫妻间默契的基础是互相尊敬，相互牵挂。

朱庆馀（生卒年未详），名可久，以字行，越州（今浙江绍兴）人。宝历二年进士，官秘书省校书郎。今存诗一百七十七首。

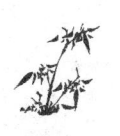

叁拾

※

苦恨年年压金线，为他人作嫁衣裳

大勇的梦应该在松辽平原的那个小山村里；大勇的梦应该发生在松辽平原那个小山村的家里；大勇的梦应该是去年秋天在家里母羊的肚子里开始孕育的。这个春天刚刚到来那会儿，他的梦就该完成一次轮回了。可他此时正在一栋没有供热的楼房办公室里，来回踱着步子。如果明天再拿不到工钱，明天这关是肯定过不去了。和他一起来的那些村里小伙儿们不把他吃了，也得扒下他的一层皮来。

这一宿，大勇一点睡意也没有，不单是办公室清冷的缘故。年年这个时候，他要个账像闯关似的，纠心得很。吃苦受累他都不在乎，却真有些操不起这个心了。这些包工头圈络干活时，怎么都好说，可楼交工了，翻脸比翻书还要快。所幸，还能联系上这帮家伙，总比活儿干完了找不到人好得多。起码，他们百般推搪，毕竟还有个盼头儿。

难道不知年年结账要钱难吗？大勇对此心知肚明，可一转过年来，他还是中了邪似的，往城里跑着揽活儿，就像那些瘾君子，总说“戒了”，又总是戒不了。

城市像一个巨大的黑洞，大勇被牢牢吸住了。他满脑子里盘算的小九九，想着活儿一干完，结完账，可以买这买那的，可真的干完了，结账时，他又一下子跌进现实里。转过年来了，不切实际的老毛病又犯了。他不相信这偌大的城市就没有他安身立命的地方。一次次冷酷的现实告诉他，他是时候该静下心来，冷静思考一下自己的前途和命运了。

他想，在这座城市建了那么多楼，可到头来没有一间房子属于自己。退一步讲，他自己这辈子就这样了，可孩子总不能像风筝一样，一会儿被扯进城里，一会儿又被扯回乡下吧！这样下去，会苦了孩子，耽误了孩子。大勇开始怀念生他养他的那个小山村了，开始想念乡下年迈的母亲，想孩子，想他养的那一大群羊。这些羊是他托付弟弟代养的，可累坏了弟弟一家人了。

大勇这些天总是梦见那几只母羊，一只接一只生下可人的小羊羔。这些小家伙儿生下来不久，就会奔跑。会撒娇的小羊羔像一朵朵白色的云朵，在刚刚泛青的地上撒着欢儿。咩咩的叫声把他的心都叫酥了。他想，这些城里人生活好了，胃口也刁了，吃羊还不够，还要吃羔羊肉。羊贩子只要能赚钱，什么都干。这样，总有一天会闹起羊荒来的。他不能等了，为了孩子，为了这些和孩子一样幼嫩的小羊羔，他必须回去。

大勇回到了生他养他的那个松辽平原的小山村里。他躺在浸着甜甜柴草香的热炕上，梦见了爷爷。爷爷一脸严肃地说："大孙子，我和你说句老话，你别不想听，从我的父辈们开始，编炕席的睡土炕，泥瓦匠住草房……"

醒来后，大勇想，爷爷这句话土是土了点，老是老了些，可说得在理。也许只有大勇认为这句话在理，至于后来怎么样，谁也说不好。

面对大勇的这个抉择，我不由想到诗人秦韬玉所写的那句"苦恨年年压金线，为他人作嫁衣裳"。大勇此前那段创业经历同这首《贫女》有如出一辙的地方。其实，谁又不是在为他人做嫁衣裳呢？社会发展到今天，已不可能是独立的个体，每个人都是社会体系中不可或缺的一员。况且，大勇回到生他养他的乡村，还有一个更重的责任……朋友，你说我说的对吗？

秦韬玉（生卒年未详），字仲明，京兆（今陕西西安）人。屡试不第，后投靠宦官田令孜，为幕僚。光明中，从僖宗至蜀，中和二年特赐进士及第，官至工部侍郎。其诗以七律见长。原有集已散佚。今存诗三十六首，明人辑有《秦韬玉诗集》

叁拾壹

※

惜春春已晚，珍重草青青

人一过六十，便心若止水，先前的一切恩怨都渐渐淡了下来。看着周围的朋友、同事、生意伙伴，甚至对手、冤家、仇人，相继先我而去，我的生活变得凌乱起来。

生活就像一套七彩拼图，走了一个人，就像失去了一块拼图。不论哪块没了，就算是对手、冤家、仇人，都会使我原本的生活变得面目全非。

我从晚报上看到，我市著名小说家郝炜先生逝世的消息后，我的心情一度低落到谷底。郝炜先生是我在吉林文学界最好的朋友，也是生活中的知己。若不是晚报上刊发了他的生平、创作简历，以及著名评论家张瑞田、桑永海先生和原报社副总编龙欣先生等人悼念、追思郝炜先生的文章，我真不相信他就这么走了。

记得著名作家莫言获得诺贝尔文学奖那会儿，我从晚报上还读到了郝炜先生的文章。他的消息时不时就会从新闻媒体中传来。去年，他出版了自己的长篇小说集《过着别人的生活》，年底又看到他的另一部散文集问世。我市资深评论家李桂华先生，在《过去一年我市文学创作走笔》一文中，重点推介了“轻散文”这一新生文体，对我和郝炜先生的轻散文写作给予了高度评价。我们两人的轻散文作品确实给中国散文界注入了一股清新的气息，国内几十家媒体都竞相做了评论和报道。我曾开玩笑地问过他：“你写了大半辈子的小说，想不到最出彩的却是在轻散文上，郝先生，你对此有何感想？”他习惯性地抬起右手，拍了一下自己那又宽又大的秃脑门儿，笑嘻嘻道：“你也写了大半辈子的诗，出彩的不也在轻散文上吗？”听他这么一说，我也笑了，“咱两都不是专散文的，却写起了轻散文，这也许就是天意使然吧！”

在我的印象中，郝炜先生从未离开过我。可是，他真的先我走了。他的辞世使我失去了一个生活中的挚友，少了一位文学创作路上比肩前行的伙伴。

最近，高老二也走了，我的心情同样低沉了好一阵子。高老二此人同我的关系自然不是朋友，也不是仇人，和对手更不搭边儿。准确地说，我们算是过往中的冤家。他虽曾在我手下干过一段，但我对这个人始终心存芥蒂。

记得我母亲那年检查身体，意外地查出病来，需要住院治疗，住院押金一次要交十万元。当时，我手上的钱不够，情急之下，我向高老二张口借，他爽快地答应了。我当时向他借了三万，不到一周还钱时，他竟开口向我要五万，说那两万是利钱。想想，毕竟人家救了我的急，也就不计较了，可心里总不是个味儿。他钱紧时，从我这儿拿钱，我可没要过一分利钱。

幸福小区动迁时，他主动请缨参与动迁工作。想他平日里咋咋呼呼的，干这事也算人尽其用。不过，此人私心重，爱耍心眼儿，不小心就让他绕进去了。为此，我在他尚未进入动迁现场前，事先安排人把动迁情况摸清楚。一旦他要耍什么幺蛾子，我不至于让他给蒙了。当然，我是不会对他先斩后奏的。

那天，我在茶楼请朋友喝茶，他贸然闯进来。他一改往日“周总长”“周总短”的谦卑样儿，张口便直呼起“老周”来。我的那位朋友对此感到很困惑，他接触我这么长时间，还从没见过什么人敢对我这样不恭呢！

看他这个样子，我反倒感觉舒坦了，起码，我看到了他的另一个面目。我想，来者不善，索性不如让他说说。我先开口道："什么事把你气成这个样？说说吧！"

他理直气壮地说："动迁摸底的事儿为什么事先没和我说？看来，你是信不过我。"

我微微一笑道："你知不知道这个企业姓周，这个开发项目也姓周。也就是说，我是你的老板。我还真没听说，老板决定的事情还要和旁人打招呼。如果倒过来，这个企业姓高，你是老板，我不和你说，那是我对老板不忠。你说，我说的是这个理儿吧！"

听我一席话，他像泄了气的皮球，一下子蔫了。我知道，他只是一时理亏，无言以对罢了。他不会就此罢手，他是奔着动迁中的油水来的。

他就是这样一个冤家。听到他先走一步的消息后，我心里尚存有一丝不舍。我真希望他还活着，让他看看在这世上，还有什么比他要的那些东西更珍贵。

诗人司空图的《退居漫题七首（其一）》中有两句诗，"惜春春已晚，珍重草青青"，意指珍惜春天，可春天已经过去。是啊！逝者逝矣，不会重来。不论是朋友，抑或对手、冤家、仇人，我都希望他们一路走好！

司空图（837~908年），字表圣，河中（今陕西永济）人。咸通十年进士，累官中书舍人、至知制诰。后隐居中条山王官谷，自号知非子，耐辱居士。所撰《诗品》一书对后世严羽、王士禛等人的诗论颇有影响。今存诗二百八十余首，有《司空表圣文集》，即《一鸣集》。

叁拾贰

※

残星几点雁横塞，长笛一声人倚楼

有些物件，因承载着某些个人情感因素，不再是单纯的物件，很有可能成为一种特别的存念。我的书架上就摆放着一把小扇、一支烟嘴。几经搬迁、挪动，不少东西都扔掉了，唯有这把小扇和这支烟嘴舍不得扔掉。

小扇是檀香木做的，倒有几分古意；而烟嘴则就是一支普通的烟嘴。不要想它有什么收藏价值，或升值空间，在别人眼里，它不是一件稀罕物，可在我这儿，它有着不可替代、不可复制的价值。

这两件物件是玲送给我的。说来好笑，玲本身不是文人，不可能有附庸风雅的想法，也不一定懂得古人折柳、赠扇的真实用意。也许觉得我是个文人，她才爱屋及乌，投其所好；也许这两个物件是她喜欢的，她觉得送给我，我一定也能够喜欢。

送烟嘴好理解，无非是一个女人对自己心爱男人的一种关爱。她怕我尼古丁吸得多，对气管不好。送扇子嘛，我觉得很有意思。扇子在唐朝，是女人的重要饰物，像耳环、簪子一样不可或缺。我曾细心留意过唐寅的《仕女图》，画中女子手中那把小扇占据了很显著的位置。由此推断，此扇显然不是用来纳凉的，装饰的意味更浓一些。画中人倚在栏杆处，双目眺望空中，画面看似静止，实则是动的，那份牵挂、那份思念、那份寂寞、那份孤独均跃然画卷之上。

我在画中又一次看到了玲的影子。在我们相处的那段日子里，她大部分的时间都像这名仕女一样，苦苦等待。

一般我去她那儿，多会事先打个电话。我发现不管什么时候去，我都会从楼下看到她站在阳台处，或趴在阳台的栏杆上，从下车到进入她家单元门这段路程，我都在她的视野中。起初，我以为这只是一种巧合。久而久之，我发觉这是她养成的一种习惯。这习惯里包含了一种期盼、一种渴望、一种幻想。

我不知道诗人赵嘏诗中所描绘的那个女人是什么人，也不知道她倚在楼中，想念的那个人在何方。“残星几点雁横塞，长笛一声人倚楼。”《长安秋望》中的这两句好像是诗人写给自己的。在遥远的边塞，他拿着心爱之人赠予的长笛，想念对方。睹物思人，这情景我也常常有之。没事的时候，我拿起玲送给我的那把檀香木小扇，就自然而然想起她来。

依我看，诗人根本没有吹那支长笛，曲子是吹给知音的，一如我。自从我和玲分手后，始终没有再打开那把小扇，我怕打开了，尘封的回忆便决堤喷涌……

赵嘏（约806~853年），字承佑，山阳（今江苏淮安）人。大和中，入元稹、沈传师幕府。会昌四年，与项斯、马戴同榜登进士第。大中年间，任渭南（今属陕西）县尉，世称『赵渭南』。工七律，笔法清园熟练，时有警句。杜牧极赞其句『长笛一声人倚楼』（《长安秋望》），称其为『赵倚楼』。今存诗两百五十三首，有段朝瑞校补《渭南诗集》。

叁拾叁

※

村园门巷多相似，处处春风枳壳花

一处处高低错落、参差不齐的老房子，从这座城市里渐渐消失；一条条龙蛇般的小街小巷，慢慢退出了这座城市的版图。甚至，房前屋后，那一道道整齐的榆树小墙、一块块鹅黄色的菜畦，都只能存活在记忆里，成为往事。

岁月带给这座城市新的变化，可我就是无法割舍对过往的眷恋。

走进坐落在吉林城区西部、小白山下松花江边的八里屯，目睹从八里屯上崛起的吉林西部新城，我兴奋之余不免夹杂着几许感伤。

八里屯和我有着一段割舍不断的感情。我和媳妇结婚三年前后，就搬到八里屯姨家借住。那时的八里屯还是吉林市城区外的一处近郊，当地人大部分以种菜、养殖为生，俗称“菜民”。姨夫是这里的老户，姨是外地嫁到这儿来的。听母亲说：“姨是姥姥家那边的姑娘，论起来，和母亲还沾点亲。”人就是这样，只要能沾上点边儿，就觉得格外亲热。姨和母亲走动得特别勤，亲姐妹似的。

记得一进姨家小院，就看到一棵棵梨树搭起来的一道长廊。长廊贯穿小院南北，尽头才是几间红砖瓦房。我和媳妇借住在西屋，姨和姨夫住东屋。姨家的那些孩子都在姨夫父母家住。每天早上，我们还没有起来，姨就把炉子加上柴草点燃，把洗脸水烧好；晚上回来，姨早把屋里烧得暖暖的。我们两口子上班的路程虽远了些，可家的温暖让人深感欣慰。

后来，我们搬回城里住，也常利用休息日往姨家跑。儿子渐渐长大上学，我们去的次数也少了，但仍不忘一年去看几次他们。要说去姨家热情最高的还要数儿子。只要一到姨家，儿子就跟换了个人似的。他的想法很简单，就是为了能和姨家那些他的小舅、小姨们一起去屯里街头巷尾的菜畦边捉蝴蝶、抓蜻蜓，去江边儿的江汊里摸小鱼、小虾什么的。儿子做起这些远比在家读书上心得多。看来，在儿子的世界里，“百草园”远比“三味书屋”有趣得多。只要一到姨家，我们想抓到他的影儿都是件难事儿，天不黑，他是不会回来的。这也不能怪儿子，城里根本就没有这样的妙处。

记忆中的八里屯，一到春天，花枝明媚，迎风掩映，家家户户如同置于仙境。红瓦盖、白梨花、绿菜畦，景色美得正如诗人雍陶笔下的《访城西友人别墅》，正可谓是“村园门巷多相似，处处春风枳壳花”。一排排整齐划一的房舍，通往姨家那条小街。也就是弹指一挥间，熟悉的故地恍惚间遥远起来，陌生起来。

由于西部新城的开发建设，八里屯被新崛起的一栋栋高楼大厦淹没了。故地已不复存在，八里屯只能存活于我们这辈人的记忆里。其实，八里屯存在与否并不重要，能否被后人记起也不重要，重要的是，人们能否从传统中找回一些值得留恋的记忆，找回一些人际间的和谐的氛围，以此以及冰冻的情感疗治人际间的隔膜。

雍陶（约789~873以前），字国钧，成都（今属四川）人。大和八年，登进士第，历官侍御史、国子毛诗博士。大中八年，出为简州刺史，世称雍简州。后辞官隐庐山，不问世事。工诗，与王建、贾岛、姚合等交游酬唱，自比谢宜城，以律诗和七绝见长。今存诗一百三十余首。

叁拾肆

※

况是青春日将暮，桃花乱落如红雨

母亲这辈子就喜欢女孩子，愿把邻居家的女孩都领回家玩，给她们拿些好吃的、好玩的。一来二去，这些小女孩看到我母亲在家，也乐意往我家跑。这些小女孩中，母亲格外疼爱邢叔家的小玫。

邢叔、邢婶结婚好多年，膝下始终没有自己的孩子。小玫是夫妻两抱养的。小玫刚进邢家，邢婶就病倒了。如此，可苦了邢叔，一边要忙不迭地看护邢婶，一边又要照看不满周岁的小玫。没多长时间，邢婶便带着不舍和希望走了。邢婶过世后，家里只剩下邢叔和小玫爷俩儿了。

邢叔在市里一家自来水公司从事仪表操作的工作。三班倒工作让邢叔分身乏术。赶上白班还好说，可以把小玫寄放在邻居家，可赶上晚班，就麻烦了，总不能把小玫自己扔家里吧！换别人早就把小玫送人了，可邢叔不能这样做，邢婶临终前还嘱托过他，务必把小玫养大成人。因此，他只能把小玫交给我母亲代为照看。这一圈儿的邻居中，邢叔只信得过我母亲，把小玫放到我家，他放心。

小玫到了我家，可乐坏了我的父母。尤其是母亲，她把小玫当成亲闺女养了起来，管吃管喝不说，穿戴也全包了。这些事可气坏了我。我一是眼红母亲跟小玫过于亲密，二是怕小玫这个扫把星克到母亲。邢婶早逝的阴影像一道魔咒，盘旋在我幼小的脑海里。

平日，小玫总爱用胖乎乎的小手指绾绕着鬓角处那缕头发，我越是不让她绾，她越不听。我越发看小玫不顺眼，不管她做什么，我都不自觉地和邢婶的死联系到一起。

母亲在这些邻家小女孩身上没少操心费力。可这些孩子长大后，没谁和母亲依旧保持亲近感，小玫也一样。这几年，她来我家的次数明显少了。邢叔还和以前一样，不间断地来我家坐坐、转转。

小玫十七岁那年，春天被冬天埋得太深了，春三月还有几天就过去了，雪还在断断续续地下。这个春天令我至今难以忘怀。小玫这个普通的女孩，像一根刺，深深刺进了邢叔的心里。

小玫跟人私奔了！听说是和他们班的一个男生走的。邢叔整个人垮了下来，几天的工夫，头发白了，白得像春天里最后一片残雪，灰黑间泛着冷冷的寒意。

小玫出走当天，邢叔坐在我家炕沿儿，当着我父母的面，哭得泪人儿似的。他边哭边说："我对不起小玫妈，辜负了她的重托。小玫妈临终前还千叮咛万嘱咐，一定要把孩子养大成人，一定管好、教育好。可是，小玫却离家出走，让我怎么和她妈交代啊！"

小玫走后的头几天，母亲并没有像邢叔那样着急，她想着孩子在外野几天，野够了，也就回来了。可一连数天，小玫杳无音信，母亲的心也跟着慌起来。我却表现得很坦然，觉得小玫走，邢叔也可以省省心了。

第三年春天，小玫回来了。她是一个人回来的，关于自己出走的往事，她绝口不提。当时正赶上暮春时节，杏花、桃花、梨花……所有的春花都纷纷凋谢了。

"况是青春日将暮，桃花乱落如红雨。"这是诗人李贺所写的诗句，高度概括了暮春时节的自然景象。当然，把这两句诗送给小玫自然不合适，她的春天尚未过去，她的人生才刚刚开始，无论如何，她都有责任给她慈爱的老父送去一抹属于春天的微笑。

叁拾伍

※

寻章摘句老雕虫，晓月当帘挂玉弓

案头放着几本李国芳老师的新书。它们是李老师新近赠送给我的，已过了好几天，我一本也没看。别说是看，就连翻都没有翻过。我不是嫌这几本书不是正式出版物才没有动，只能说，它们实在提不起我的阅读兴趣和欲望。

其中，有一本《杏园诗选》、一本《菜根谭新注》，还有两本我想不起书名了，好像是写“吉林三杰”之一成多禄先生的，不外乎是赏析成先生的诗、书、画方面的随笔。

按说，别的书我可以不看，但《杏园诗选》应该翻一翻。这是李老师第一本旧体诗选集。他笔名“杏园”，其诗、书、画作品落款都是“杏园”两字。那本《菜根谭新注》也应该读一读，原本《菜根谭》也是由李老师介绍的，堪称古代东方的厚黑学。经商多年，忙东忙西的，也该沉下心来翻翻书、充充电了。可我一看书上著者“李国芳”三个字，心里就有些打怵。

上大学时，李老师教我们古汉语，他的一堂课讲下来，我记的课堂笔记都有个七八页。李老师这个人古板是古板些，可字写得非常漂亮，人也长得儒雅。其实，他不戴那个金丝细边眼镜，也一样有学者风范。

李老师的课像他的字一样，语气慢条斯理，声调也有板有眼，对待学生的谦和劲儿，也让我们没有理由拒他于千里之外。可离他近了，接触多了，就都觉得此人缺乏幽默感，除了之乎者也，还是之乎者也。他的谈吐中，没多少新鲜的东西，兴许是古文、古书读多了。尤其给我们讲律诗格律时，那些“粘”“对”“平仄”……听得我晕头转向的。为了不挂科，我像嚼蜡似的嚼着这些泛着古董光芒的诗赋，读着那些先贤们写的似懂非懂的文章。

同时，还有一位教古文的付老师。付老师比李老师灵活生动得多。他没把通假字、句式结构放在首位，让学生死记硬背，而是把每篇文章的作者、创作背景等像讲故事似的说给学生们听。大家喜欢听，也听得进去。课堂笔记也只是提纲式的，一堂课堂笔记一页纸也就够了。

如今想来，大家之所以能听得进去付老师的课，是因为我们已把李老师教的古汉语基础知识烂熟于心了，从而能毫不费力地听进去付老师讲的那些先贤们的经典之作。可以这样说，李老师教的是基础，付老师教的是升级版——古代文学史，两者并不矛盾。我能够接受付老师，却总对李老师敬而远之。所有的改变都源自到李老师家做客后。

大学毕业不久，应李老师之邀，我到他家做客。当时，他住在江南桥东一处老式小区。小区是清一色的筒子楼改建的，狭窄不说，居住环境亦恶劣。楼上有丁点动静，楼下就听得清清楚楚。噪音对做学问的人来说的是最大天敌，何况，李老师已是上了年纪的人了，休息可是头等大事啊！

敲开房门，李老师把我让进卧室。按说，待客都是在客厅，可李家的客厅摆放着两排高大的书架，只留下一个窄窄的过道，根本没有促膝谈天的空间。而卧室约十二三平米，随处可见一摞摞书和档案盒，这些东西又占了大半个屋子。

李老师抽出两个档案盒打开，我俯身一看，里面装着一本本剪报，都是我发表在各种报纸期刊上的文学作品。看着这些剪报，我一下子傻眼了。我怎么也不会想到，李老师竟然收藏着我的作品。

李老师看出我的心思，说：“你不知道吧，我对当代文学作品也相当喜爱，你是我的学生，学生的大作，老师收藏一些，理所应当吧！”

看来，我错看了李老师，他并不古板，至少在我身上，他没有我想的那样古板。

虽然，对李老师的印象改变了，可对他的文章，我还是提不起来兴趣。我总感觉他拼凑出来的东西缺少原创的魅力。

近来，我的读书观被彻底颠覆了。颠覆我的不是李老师，而是李贺在《南园十三首（其六）》中的两句诗：“寻章摘句老雕虫，晓月当帘挂玉弓。”它们生动刻画出李老师这样做学问之人的辛苦。试想，李老师这几本书不知是熬了多少夜晚，下多少功夫才凝结出的心血。

李老师的书中必定有学生需要的东西。我真该静下心来，好好读一读。

李贺（约公元791~约817年），字长吉，汉族，河南福昌（今河南洛阳宜阳县）人，家居福昌昌谷，后世称李昌谷，是唐宗室郑王李亮后裔。有『诗鬼』之称，是与『诗圣』杜甫、『诗仙』李白、『诗佛』王维齐名的唐代著名诗人。有《雁门太守行》《李凭箜篌引》等名篇。著有《昌谷集》。

叁拾陆

※

道傍榆荚仍似钱，摘来沽酒君肯否

儿子四五岁时，最是惹人喜爱。妻子喜欢打扮自己，也愿意捯饬儿子。当时，他经常穿一件白底海蓝色的小格衬衫；衬衫外，还经常罩一件妻子织的黑色毛坎肩；下身穿一条合体的深色西裤，扎着两根深褐色的背带；足蹬一双白色三接头样式的小皮鞋，往那儿一站，有模有样的。

一向抠门的岳父在外孙身上的花销却大方得令我咋舌，不但经常撇下孙子、孙女，单独带外孙去逛菜市场边上的那些店，还陪着他吃他喜欢的煎粉、茶蛋、肉串什么的，更无所顾忌地给他买了一辆在当时价格不菲的儿童单车。

买车那天正赶上周六，第二天我和妻子休息。妻子提议周日领儿子去江南公园玩，还建议都骑自行车，让儿子骑那辆崭新的儿童单车。起初，我不同意。江南公园距岳父家较远，往少了说，也有十多华里的路程，儿子不过四五岁大的孩子，小小年纪哪能扛得住路途劳累？

妻子说："我在车梁上绑一个小孩用的座椅，若是他累了，骑不动了，就让他坐我车上。"

看着妻子执拗的样子，我想，算了，不和她争了，看情况走着瞧吧！

那天，我在左侧，妻子在右侧，把儿子框定在中间的空当里，一旦他骑出了可控范围，我俩马上进行调整。我还怕儿子骑累了，一路上问东问西的，想以此分散他的注意力，让他暂时忘掉骑车的疲劳，顺顺当当到达目的地。

这时，一辆白色的面包车从我身边疾驰而过。儿子看到，便问："爸爸，刚才从你身边驶过的那辆车是什么车？"

我答："面包车。"

儿子又接着问："爸爸，面包车能吃吗？"

我一时语塞。

我抬起头，看了看路旁的柳枝，已冒出一个个毛茸茸的嫩嫩的芽苞儿；低下头，再看儿子那张稚气的小脸儿，以及那清澈得不含一丝杂质的眼神儿。在北方，这四月的春太嫩了，一滴晶莹的露珠，从柳枝间落下来，都会溅起一片鹅黄色来。

近来，我读诗人岑参的《戏问花门酒家翁》，又找到了儿子童年的影子。那句“道傍榆荚仍似钱，摘来沽酒君肯否”再次让我沉默了。

读后掩卷，沉思了许久，我终于找出了答案：诗人的幽默来自于天真，天真兴许就是幽默的发源地。

时间过得太快了，转瞬间，孙子都长到了四五岁。想来，小孙子是不会问出他爸爸当年那样天真稚嫩的问题的，因为他们这一代人比我们，以及他父亲那一代要聪明得多。

岑参（715~770年），荆州江陵（今湖北）人，早年孤贫，居嵩山攻读，后奔走京、洛，漫游河朔。天宝三载进士，初授右内率府兵曹参军。天宝八载，入安西节度使高仙芝幕府任掌书记；十载，还长安。十三载，出为封常清安西、北庭节度判官。安史乱后，入朝为右补阙、祠部员外郎。永泰元年，授嘉州刺史，四年后卒于成都。长于七言歌行，以边塞诗著称于世。其诗气势豪迈，想象丰富，情辞慷慨。今存诗三百六十余首，有《岑嘉州诗集》。

叁拾柒

※

秋丛绕舍似陶家，遍绕篱边日渐斜

暮秋时节，长春电视台生活频道的记者要对我和郝炜进行有关轻散文的专访。我选择在青岛街一家名为“莱茵河”的咖啡店内接受专访，而郝炜先生则把专访地点安排在他家中。

其实，我不选在自己家里，只是因为一种生活习惯。长久以来，我从不往家里领人，包括朋友在内，郝炜先生与我有三十多年的交情，他也没来过我家。我觉得家是一个私密空间，无须轻易示人，更不便与人分享。

我不愿把人领回家，自然也不愿意去别人家。郝炜先生不止一次邀我到他家做客，都被我婉言谢绝。但这次例外，为了给电视台的记者朋友作陪，我终于应邀来到了郝炜先生家。

他住在“江畔人家”，顾名思义，是比邻松花江畔的一处江景住宅小区，自然环境一流，不在话下。他家住一楼，外带一个院子。郝炜先生可谓是将此院利用到了极致，在其中种了各色蔬菜，空中搭起满堂红架子，上面爬满了葡萄藤、丝瓜秧。当然，这个时节最抢眼的当属小院隔栏下，开得正艳的菊花。

此情此景，不由让我想起元稹《菊花》中的两句：“秋丛绕舍似陶家，遍绕篱边日渐斜。”以此形容郝炜先生家的这个院子再合适不过。能够在喧嚣都市中，找到这样一处散发田园气息之地，实属不易。郝炜先生好有福分，这也许就是他让记者来他家坐坐，并三番五次邀我到他家的原因吧！

谢谢郝先生，我们已经分享到你的福分了！

元稹（779~831年），字微之，洛阳人。贞元九年明经及第，后登书判拔萃科、才识兼茂明于体用科，元和元年授左拾遗。宰相裴垍任为监察御史，因得罪宦官，贬江陵士曹参军。裴垍死，转依宦官崔潭峻，累迁至中书舍人，长庆二年拜相。时论不满，出为同州刺史、浙东观察使。大和三年还朝；四年，出为武昌军节度使；五年卒于任所。与白居易交谊甚厚，唱和颇多，世称『元白』，是中唐新乐府运动的积极倡导者之一。今存诗八百二十余首，有《元氏长庆集》。

叁拾捌

※

掬水月在手，弄花香满衣

我新买了一辆轿车。妻子听后，晚饭都没吃消停，喋喋不休地央求着我带她出去兜兜风。我想，时值盛夏，坐家里都会一身汗，倒不如开车出去转转。

待妻子坐好后，我正准备发动汽车，突然被路对面的一幕惊呆了。

一辆轿车在拐弯时，碰伤了一只小狗。小狗从车底钻出来后，滚了一下，一瘸一拐逃离了案发现场。我突然觉得眼前这条昏暗弯曲的道路像一条凶狠的蛇，不知什么时候还会张口伤人。

我认真看了看各方向的后视镜，发现车的后尾处有一个看不到的死角。这就是人们所说的“盲区”。

这时，小狗被车碰伤的情景又在我脑海中重演了一遍。这次，我清楚地看到它是从车的后轮处钻进去的，而那个位置恰好是司机的盲区。

车有盲区，那么，人的自身存在不存在盲区呢？回答是肯定的。

我至今记得妻子在做营业员时，因一根假金条被骗了五百元钱。

那天，我还没下班，妻子把电话打到我的办公室，让我即刻去接她。到了妻子上班的商店，还没等我张嘴，她一把将我拽到试鞋处，强行把我按到凳上坐下来。

我见其他店员都往我这儿瞅，便把妻子的手支开，急不可耐地问：“你找我什么事？”

妻子神秘兮兮道：“当然有事了。”

回到家，她从包里拿出一根金光闪闪的金条。我顿感一头雾水，急火火地问：“哪儿弄来的？”

“买的。”

“你哪来那么多闲钱买这个？”

“我捡了个大便宜，这根金条才花了五百元钱。”

“在什么地方买的？”

“今天店里来了一个乡下打扮的姑娘，说她妈病了，没钱医治，想把家上祖传的这根金条卖了，拿钱给她母亲看病。我问她打算卖多少钱，她说，给三百就行。我是觉得人家急等用钱，也不能太亏了她，索性把兜里仅有的五百全都掏出来给她了。”

听妻子说完，我没再说什么。

第二天下班，妻子一进门，我就看到她一脸沮丧。她的表情告诉我，一定是遇到什么不愉快的事了。

还没等我问，她便带着哭腔说：“老公，我上当了，被那个姑娘骗了。我把昨天买来的那根金条拿到银行验了一下，结果是假的。”

现在想想，妻子是一时财迷心窍，贪欲让她走进了自己的盲区，失去了判断力。

近来读到诗人于良史《春山夜月》中的两句，“掬水月在手，弄花香满衣”，让我想了好多。首先想到车的盲区，带给人的是潜在危险；其次想到人的盲区使人失去辨别力；又想到诗人走进盲区，却能从中提炼出意境美好的诗句来。掬水，是不可能掬到月亮的，诗人知道不可为而为之，这或许就是诗的一种魅力吧！可现实是骨感的，是苍凉的，它不需要浪漫，它拒绝浪漫，不是吗？

于良史（生卒年未详），肃宗至德宗年间任侍御史，后为徐州节度使张建封从事。其诗多写景，同时寄寓思乡和隐逸之情，语言清丽，工于形似。今存诗七首。

叁拾玖

※

自家夫婿无消息，却恨桥头卖卜人

因为一些特殊的原因，我连续一年零两个半月没回过家。其间，写过几封家信，便再也没和家人联系。这次回来，刚进家门，屁股还没坐稳，妻子便忙不迭地张罗收拾事先买好的食材。她打算给我做一顿丰盛的饭菜。妻妹见姐姐着手做饭，便问我，“想吃点什么？”我说：“最好别在家里弄了，吃顿饭还没有收拾的时间长，不如咱去饭店吧！不然，去吃顿火锅？”听我这么一说，妻妹便去厨房找妻子商量。

妻子出来时，我正坐在沙发上看报纸。她有点不高兴地问我：“老公，你想出去吃饭？”我说：“是啊！你忙乎了大半天，光是油烟熏都熏饱了，不如出去吃，你也少搭些工夫。我们可以边吃边聊。”

妻子并不是不愿意出去吃，只是觉得我这么长时间没在家，想让我重温一下家里的口味。不过，她也没坚持，算是对我的提议表示默认。

我之所以选择火锅，是觉得那种热腾腾的氛围很适合家庭聚会。特别是吃满族火锅，意义更不一样。满族火锅是当地独有的火锅，像白肉血肠一样，是我们这个城市特有的符号。它只用东北人腌的酸菜为料，让我重拾了久违的家的味道。

坐在火锅店里，妻子没有说话，除了时不时向我瞥上一眼，再就是一个劲儿给我涮羊肉，把我那个小碗装得满满的，生怕我吃得少。

见状，妻妹拉开了话匣子：“你不在家时，我姐像丢了魂儿似的，她平日就神神叨叨的，这下可好了，每天焚香拜佛不说，听说谁算卦算得准，就找人家算。她不知听谁说的，蛟河市有一个人算得特准，天还没有亮，就爬起来去找那个人。晚上回来，她一脸沮丧的样儿。我问她，算卦的人怎么说；她说，算卦的人说你一时半会儿回不来。那一宿，她就没合眼。我怕她这样下去会把身体弄垮了。于是，我也找到那个算卦的，教给他一套话，让他明天见到我姐后，照着说一遍。第二天，我把姐领去了。那个算卦的按我的要求说了一遍。他说，姐夫到月末就能回来。我当时想，你若真能月末回来万事大吉，若不能，至少也能让姐踏实二三十天。记得回来路上，姐问我，这个算卦的说的能准吗？我说，北山公园上面可住着佛祖呢！他不敢在佛祖面前撒谎。月末快得一转眼儿工夫就到了。我姐看你还没回来，便把那个算卦的好一通骂。"

说到这儿，妻子的脸沉下来，虽没说什么，却用眼睛狠狠地瞪了自己妹妹一眼。见事儿穿帮了，妻子便低下头，自言自语嘟囔道："其实，那些话我压根儿就没信过，我只信'吉人自有天相'这个理儿。"

"自家夫婿无消息，却恨桥头卖卜人。"这是诗人施肩吾在《望夫词》中的两句诗。妻子和诗人笔下情境多么相像！

我想，无论卖卜的，抑或算卦的，如果妻子坚定不移地相信自己的丈夫，别人说什么还会有作用吗？

施肩吾（780~861年），字希圣，号东斋，睦州分水桐岘乡（今浙江富阳洞桥镇）人。元和十年进士，未授官而归。世传洪州西山为仙人羽化飞升之地，遂隐此山，自号栖真子、华阳真人。为诗奇丽，编《西山集》行世。晚年定居澎湖列岛。今存诗两百首。

肆拾

※

路人借问遥招手，怕得鱼惊不应人

那年去松花湖上的建委度假村参加干部培训、学习，可算过足了鱼瘾。餐桌上吃的是鱼，湖边看到的也是鱼，学习之外，人们大多谈的也是鱼。爱吃鱼的讲起松花湖中的“三花一岛”，可谓津津乐道，什么鳌花、边花、鲫花、岛子……从他们嘴里讲出来都是一段故事。

鱼的做法多种多样，各地做法不尽相同。仅鲤鱼一种，我就吃过多种做法的，印象最深的是那次去吉林蛟河庆岭，当地有一种庆岭活鱼，其做法有别于其他地方。烹制中需要一种名为“把蒿”的调料，这也是庆岭当地独有的。和把蒿一起炖出来的鱼，不仅肉质鲜美，还带出一股淡淡的草香味儿。

鱼友讲起钓鱼的事来就更精彩了。喜欢用沉钩的，就把鱼线另一端拴上一个鱼钩，钩上放上蚯蚓，或事先准备好鱼饵。然后，抡圆胳膊，将鱼线撇进水中，用手撑着鱼线，感觉鱼线另一端有鱼咬钩时，就要快速收线。被钓上来的鱼像戴着手铐的犯罪嫌疑人，乖乖顺着鱼线被牵上岸来。专业人士会在手撑鱼线的地方拴上一串小铃铛，听到铃响，便开始收线。习惯使用鱼竿的，把鱼线绑在鱼竿上，在鱼线中端来上一个红白相间或黑白有别的鱼漂儿，将鱼竿顺到水平位置，用手端着或是放到湖边高一些的石头、土包儿上，用什么东西夹住。然后，就用眼睛死死盯住鱼漂儿，见它下沉了，就赶紧收线。这些垂钓者有点像股民，只不过牛市是上扬，而上钩则是下沉。不管钓鱼，抑或炒股，皆是欲望在作祟。

现在的鱼竿比我说的那些先进多了，能伸能收，听说，有一种钢制的鱼竿，来上一把要几千元呢！

直觉认为，鱼是警惕心较强的一种动物。它一刻也不闭上眼睛，怕一闭上眼睛，便会遭到同类或是其他水生物的骚扰、攻击。佛家教育弟子要养成勤奋、自省之美德，将木料做成鱼状，即我们熟悉的木鱼，令其敲打，诵经。依我看，就是让他们像鱼那样时刻绷紧清规戒律的那根弦。

那么，如此警觉的鱼又为什么能上钩呢？思来想去，是欲望使它们放松了警惕。

小时候，我喜欢玩水、钓鱼，常常不是把鞋丢落到江边，就是把衣裤弄脏，因此，也常常遭到母亲的责骂。从事写作后，我还专门写过一首记录童年钓鱼的诗：

小时候，我常常去江边钓鱼/也常常遭到妈妈的责怪/你还想钓一辈子鱼/我也常常做着鬼脸/耍着顽皮/长大了我当上了一名吊车司机//妈妈/你的儿子挥动吊臂/吊一座大楼送给你。

可见，我和钓鱼之间确实系着一个情结，此情结始终伴我成长。

“路人借问遥招手，怕得鱼惊不应人。”这是诗人胡令能在《小儿垂钓》中的两句。他把儿童天真无邪的模样刻画得入木三分。想来，上钩也是鱼的一种宿命，这怪不到欲望。小孩儿的欲望是天真，难道天真也有错吗？

胡令能（785~826年），隐于莆田，早年为手工匠。深于佛理，亦能诗。其诗风格清丽，通俗易懂，富于情趣，饶有生活气息。今存诗四首，皆为七绝。

肆拾壹

※

打起黄莺儿，莫教枝上啼

家住平房的时候，我最讨厌麻雀了。它们像一个个贫嘴的婆娘，整天絮絮叨叨说个不停。早晨还没睡醒，就硬生生地被它们吵醒了。

记得儿子刚生下来的头两个月，媳妇的奶水一直不够吃，只能用牛奶代替。如今，热牛奶是分分钟的事儿，彼时却麻烦透顶。首先，要准备好奶锅，把牛奶放锅里，再锅放到炉子上。热牛奶是个细致活儿，一不留神没看住，奶液就会像岩浆一样喷薄而出，想收都收不住。儿子嘴急，饿一点就哭闹不停。每次热牛奶都把我急得冒出一脑门儿的汗。孩子一哭闹，媳妇就更遭罪。她先是抱着儿子在炕上轻轻摇晃着、拍着。谁知儿子一点不吃软，越哄越耍驴，逼得媳妇没办法了，索性抱着他在地上不停地转圈。媳妇抱累了，奶奶又接过来。长此以往，儿子惯出了坏毛病，要大人抱着才能睡得踏实，一放到炕上就醒，又开始哭闹。有时，他哭累了，倒能睡一会儿。这时，最怕周围有动静，哪怕一根针落地都会把他弄醒。房檐上那些麻雀偏偏叽叽喳喳吵个不停，儿子原本紧闭的眼睛一个劲儿地眨巴起来。我怕儿子被它们吵醒，便去屋外哄撵那帮讨厌的家伙。可我前脚把它们撵走，后脚它们又回来聒噪，气得我七窍生烟。它们似进入无人之境，根本没把我当回事儿。

第二天，我从屋里拿出一个大洗衣盆，找来一根小棒儿把它倒扣支起来。支木棒前，我在小木棒上拴了一根绳子。准备就绪后，我回屋从米袋子里抓了一把米出来，撒在盆下。随后，我躲在院子里一个相对隐蔽的角落，耐心地等着麻雀的到来。果真，它们三三两两地飞来了，小心翼翼地在盆下啄食着米粒。我没有急着拉绳，打算等大部队进来了，再一网打尽。

谁知，麻雀并未成帮结伙而来，最多两三只。也罢，抓一只少一只。看到有两只麻雀闲庭信步至包围圈内，我赶紧拉绳，大脸盆一下子扣到地上。怎奈一只麻雀也没扣住，反倒把儿子弄醒了。

“打起黄莺儿，莫教枝上啼。”这是诗人金昌绪《春怨》中的两句，旨在通过这样一个细节的铺垫，勾画出妇人思夫的情景。打起黄莺儿，别让那啼叫扰了女子的思绪。

我哄撵麻雀，只是不想让麻雀吵醒刚刚睡去的儿子。儿子这么小，还不会有梦；如果有的话，我想也是吮着奶嘴，吸着香浓的奶汁，再就是躺在母亲温暖踏实的怀里，躺在这个最安全的港湾。

金昌绪（生卒年未详），余杭（今属浙江）人。今存诗一首。

肆拾贰

※

天街小雨润如酥，草色遥看近却无

近年，蒙古风的歌曲着实火了起来，如乌兰图雅的《我的蒙古马》、云飞的《父亲的草原，母亲的河》、降央卓玛的《呼伦贝尔大草原》等，尤其是《呼伦贝尔大草原》，每次听到都会勾起我对呼伦贝尔之行的回忆。

受海拉尔辖区内牙克什地产开发商崔总之邀，我有幸赴呼伦贝尔大草原一游。

时值四月。四月的吉林，春花竞相绽放，江堤上的垂柳已经绿意盎然。水鸟飞到岸上，啄一口春天的湿泥，做自己的口红。我幻想着呼伦贝尔大草原上的春天，一定比我生活的这座城市的春天还要美。百合、芍药、野玫瑰像戴在草原鬓边的装饰物，草原飘动起秀美的头发，正尽情地和牛羊歌舞呢！

从吉林到海拉尔的路上，我坐在车里，极目远眺，全是望不到尽头的长路，还有干枯的河床、缭乱的枯草、路边一棵棵没有丝毫生命萌发迹象的植被，以及那些大大小小鸟的空巢……很难相信，这就是我想象中的呼伦贝尔大草原。

此时，我感觉自己所坐的车子在这荒芜的大草原中，犹如一只小得不能再小的甲壳虫，在枯枝般的路上，慢慢爬行。我想，在这辽阔、空旷、静寂的草原上，我这卑微、渺小昭示着生命的律动，也算是给草原的一个回报吧！

然而，海拉尔是一座漂亮得令人难以置信的城市。这里除了极具民族风格的建筑外，春色一点不亚于我所生活的吉林。其中最亮眼的就是蒙古族女子穿着的鲜艳服饰。

见到崔总后，我一个劲儿地抱怨，说他太早邀我来这儿，此时看不到绿茵茵的草原等于白来。听我这么一说，对方先是一笑，随后漫不经心地说道：“其实草原的春天已经开始孕育了。细看草原上那些草儿，早就蠢蠢欲动了。它们用刀片似的锋利的牙齿，正在咬啃着春天的最后一层坚硬的壳儿呢！”

呼伦贝尔在北纬47度到北纬53度之间，几近冻土带，一年只有不足百天的无霜期，春、夏、秋三季都挤在这百日内。这里的春天在残雪中闪现，酷似去意已决的爱人，莞尔一笑，便转瞬即逝。人们看到的春天，其实是呼伦贝尔的夏天。

崔总给我夹了一条呼伦贝尔特有的冰水鱼，让我尝尝。我把鱼肉放到嘴里，顿觉鲜美极了。崔总说：“这鱼只有这个季节才能吃到，也只有在呼伦贝尔才能吃到，是呼伦贝尔的特产。它在0℃左右的环境里生长。这种水生物有极强的御寒能力。草原所有的生物都是这样，坚韧、隐忍是草原生物的生存法则。”

“天街小雨润如酥，草色遥看近却无。”用韩愈的《早春呈水部张十八员外二首（其一）》中的这两句来形容呼伦贝尔大草原的四月再合适不过，只是我在海拉尔逗留的那几天，并没有和如酥的小雨相逢。无雨的草原并不缺少诗意，那荒芜中的辽阔和空旷不也是一首诗吗？

韩愈（768~824年），字退之，河南河阳（今河南孟县西）人。贞元八年，登进士第。几度为节度使属官，后任四门博士、监察御史，因事贬阳山令，还朝后官至刑部侍郎。元和十四年，因上书谏迎佛骨，触怒宪宗，贬潮州刺史。翌年，召为国子祭酒，历兵部侍郎、京兆尹，官终礼部侍郎，世称韩吏部；谥曰文，又称韩文公。与柳宗元同为中唐古文运动领袖。亦工诗，尤长于五古，常以散文笔法入诗，气势宏伟，浃想新奇，风格奇崛险怪，是韩孟诗派的主要代表人物。今存诗四百余首，有《昌黎先生集》。

肆拾叁

※

始怜幽竹山窗下，不改清阴待我归

好长一段时间没见到作家赵冬了。弃文从商后，我搁笔多年，吉林文学界的那些人、事，已渐渐淡去了。我的关注热点也从文学创作上，转移到城市建设上来。不过，赵冬不仅是我的文友，也是我的挚友。

这次赵东找到我，是因为看中我开发建设的一个楼盘，想在那儿买一套房子。久别重逢，我提议，不如找个地方坐坐。于是，我约他去解放中路新开业的一家咖啡店。店名与装修风格很搭——避风塘，这个招牌一下子就让我想到炎炎夏日里一湖清凉的池水、一片荫凉的林园。果不其然，店内灯光为绿色墙壁涂上一层淡淡的清冷光晕。店内除过道旁摆放着绿植外，还在上楼拐角处的墙壁上挂了一幅沙画。

在我看来，咖啡店是城市里独有的特殊空间，可以释放内心的焦虑，也可以在这里交流更多的社会信息。从事文学创作的人，特别是写城市题材的作家，常来咖啡店里坐坐，对写作有益。海明威就喜欢泡在咖啡店里写作，使他保持内心的踏实和创作灵感的鲜活。

人需要交流，城市的创造力和消费力都来自交流，舒适的空间感和距离感可以保持人和人之间的情感碰撞，如此，才会有创新的活力，才会萌生思想、娱乐的欲望，然后，产生效率和效益。

“始怜幽竹山窗下，不改清阴待我归。”这是诗人钱起在《暮春归故山草堂》中的两句。赵冬吟完这首诗后，欣喜地说：“你还是我认识的老周，你的文学梦还没有做完，我建议你还是回到文学创作中来。我相信，你能写出更好更棒的文学作品。”

不知是他这句话起到了推波助澜的作用，还是我已到了回归的时限。从那以后，我又重新进入文学创作领域。

如今，避风塘已经换成一家韩式烧烤店。犹如此处留存着我和赵冬的一段回忆，每一次路过，我都不免回眸多看上它几眼。

虽然避风塘不在了，但作为一种城市文化，咖啡店的生命力却是强悍的。城市人若要享受生活，就来咖啡店坐坐吧！我相信，你会不虚此行，即便只有一份咖啡带来的苦香也足矣，不是吗？

钱起（约722~780年），字仲文，吴兴（今属浙江）人，天宝十载进士，初授秘书省校书郎，后任蓝田尉。大历年中任司勋员外，官终考功郎中。工诗与郎士元齐名，世称『钱郎』，『大历十才子』之一。其诗众体兼擅，尤长于五言，擅长写景，风格清雅秀逸。存诗五百三十余首，有《钱考功集》。

肆拾肆

※

节去蜂愁蝶不知，晓庭还绕折残枝

我生活的城市坐落于东北地区腹地，到了九九重阳节便进入了暮秋。东北地区的暮秋很短，今天看到的还是层林尽染，菊花飘香，说不定一觉醒来，冬雪就会把这座城市漂白了。一夜之间，城市好像变成了白眉白须的老人，可圣诞节离我们还远着呢！这位圣诞老人手里拿的不是香甜的糖果，而是拥着一朵朵绚丽的菊花，让人不能相信冬天真的来了。

对于季节变化，我已经见怪不怪，年复一年，并未在我心灵深处烙下痕迹。可是，岳父正是在这样的秋天突然辞世的，在我心灵深处留下了伤感和隐痛。暮秋像一个结，死死缠在我的心头。

想起岳父，我自然而然想到了诗人郑谷在《十日菊》中的两句，“节去蜂愁蝶不知，晓庭还绕折残枝”。是啊！蜂愁，蝶怎么会知道呢？我也自然而然想到岳父开的那家“飞达五交化商店”。该店坐落于吉林市最豪华、最热闹、最具有人气的河南街商业步行街中段。这个地段别说支个店面，就是摆个摊儿都能赚钱。因此，岳父开的这家五交化商店的买卖十分红火。

岳父的买卖好，我们这些儿女也跟着沾光，其他的不说，就说我儿子吧！儿子是在姥爷家长大的，由姥姥一手带出来。岳父母对这个小外孙着实喜爱得不得了。岳父每天从商店下班回来，都惦记着给小外孙买点吃的，甚至吃饭的时候，看到菜里有几片肉，也都一一夹给小外孙。

二老带着儿子，我们两口子省心省力不说，经济上也少了一笔不小的开销。如今想来，我心里真有些过意不去。媳妇一说起娘家事来，常埋怨自己没得到什么，几个兄弟姊妹她最亏。可她怎么忘了，岳父母给我们养了这么大的一个儿子呢！不知足是做小辈们的通病。

“飞达五交化商店”经营得正红火，岳父根本不会想到河南街商业步行街会面临改造，原有的老房子需要拆除重建，岳父的商店也在其中。

搬迁一个家都是一件难事，那些坛坛罐罐、锅碗瓢盆一收拾就是一大堆，何况一个五交化商店呢！据我所知，岳父商店内，小到自行车的气门芯儿，大到冰箱、彩电，经营的品种数不胜数。岳父常说：“百货迎百客。”如此大事，我们这些做儿女的谁又帮老爷子一把了呢？没有帮也就算了，还想着商店搬迁了，有什么自己家能用得上的顺便划拉一些。此时，没有一个儿女站在老爷子的立场上想一想。

岳父把店名冠上“飞达”二字，是想借着这个店面飞黄腾达，搬迁折断了他梦想的翅膀，从此病倒了。

岳父家像暮秋里的枫叶，少了岳父，也渐渐枯黄了。那些蝶一样的儿女，有谁去思量岳父的一片苦心呢？

郑谷（851~910年），字守愚，袁州宜春（今江西宜春市）人。早年屡试不第，后入蜀，僖宗光启三年，中进士。初授鄠县尉，累迁至都官郎中，世称『郑都官』。后归隐乡里，与许棠、张乔等人并称『咸通十哲』。因《鹧鸪》诗名动一时，有『郑鹧鸪』之称，又被齐己拜为『一字师』。其诗多为羁旅咏物、寄赠酬答和感伤身世之作，『清婉明白，不俚不野』，为晚唐名家。今存诗三百二十五首，有《云台编》。

肆拾伍

※

春风吹蚕细如蚁，桑芽才努青鸦嘴

我先是从面颊感知春天来了。柔柔的春风宛如婴儿胖乎乎、肉嘟嘟的小手，抓得我痒痒的。一串鹅黄色露珠从窗前几枝泛青的柳条上滴落下来，滴到窗台上，瞬间化作一小块水痕。

我端着一杯刚沏好的咖啡，专注地欣赏窗前那桃红柳绿的春色。忽然间，一阵淡淡的清香味令我为之一振，窗前那些杏花、桃花离我家尚有一段好远的距离，香味不可能飘进屋内。那么，这味道一定来自家里。这个时节，我养的那些花刚刚绽蕾，距离开花尚有时日。待我细嗅后，断定应是菜蔬的香味，便想到妻子栽种的黄瓜。

妻子是个实用主义者，不喜欢养殖的花草。春节前，我从花卉市场买回来几株水仙花根，刚用水栽上，她可好，索性把家里的蒜掰成瓣，用细铁丝一圈圈串起来，弄了一个大盘子盘起来。我知道她是和我较劲儿，我栽水仙，她就栽蒜苗。

吃馄饨时，她割下来几缕蒜苗，放在汤里。别说，馄饨里放点儿蒜苗，还真提味儿。妻子一边喝着馄饨汤，一边气我道："都是栽'蒜'，你那'蒜'中看不中吃。"我心想，你懂个啥儿！可是嘴里却违心地一个劲儿说"好"。这不，春节刚过，她又把黄瓜籽种到一个大花盆里。几天的工夫，那几颗黄瓜籽就拱出来了。又过了几天，开始吐叶长蔓了。这几个不知天高地厚的家伙，给它们一根竹条，就一个劲儿地往上爬。

我放下手中的咖啡，俯下身去，果然看到妻子种的那几棵黄瓜顺着秧蔓开出了黄色的小花。瓜秧与花之间，结出了一个个小小的黄瓜钮。这些黄瓜钮像倒挂在秧蔓间的一只只顽皮的小青虫，调皮地嘴里还叼着一朵黄色的小花儿。

看到这些嫩绿色的黄瓜钮，我就想到儿子刚出生时的情景。妻子被推进产房，我和父亲、母亲、岳父、岳母都焦急地在外等候。我时不时听到自产房传来妻子一声高一声低的痛苦叫喊声，心都要碎了。妻子再坚强，毕竟是个女子。从她的叫声中，我听出了她的恐惧和无助。而此时的我只能无奈地站在门外干等，无法伸以援手。想想做女人真的不易，特别是经历生产之苦的女人更为不易。

终于，孩子的一声啼哭划破天际，家人们悬着的心一下子落了地。

在医院产房工作的大姨看到妻子生了个男孩儿，兴奋地连鞋都来不及换，穿着产房的拖鞋跑出来，一见面就大声冲我母亲喊："大姐，生了，生了，生了个白白胖胖的大胖小子！姐姐，孩子粉白粉白的。"

半晌，大姨领着我进了婴儿护理室。我看到里面有好几个今天出生的孩子，个个肉嘟嘟、胖乎乎地躺在婴儿床内，像白胖白胖的蚕宝宝。

儿子虽未出生在春天，但我的心依然是暖暖的。我以为，人的春天和大自然的春天有着本质的区别，前者应该是从新生命降生开始的。

春天之所以被人期盼、向往，是因它承担着其他季节不能替代的延续生命基因的使命。

"春风吹蚕细如蚁，桑芽才努青鸦嘴。"这是诗人唐彦谦在《采桑女》中的两句，通过生命的幼小来讴歌春天的博大。春天就是由这些细微的生命组成的，哪怕一粒草籽、一只虫子，都在春天里孕育。

因生命的幼小，才有了那份朴素的天真；因春天的博大，才有了这多姿的美丽。不是吗？

唐彦谦（~893年），字茂业，并州晋阳（今山西太原）人。咸通末年，累举进士不第，广明元年，避乱隐鹿门山，自号『鹿门先生』。后为幕府从事，历晋、绛等州刺史，光启间任兴元节度副使，再任阆、壁二州刺史。其诗师法李商隐，然较清浅显豁。今存诗一百七十八首，有《鹿门先生集》。

肆拾陆

※

浮云一别后，流水十年间

好像是因为某件事，具体什么事我已模糊不清了。不管怎样，我重新去过那条曾经走得烂熟却又好久没走的街路。好像是深夜有人敲我家房门，推开门后，发现那条路就在家门前，不过，这也不那么重要了。重要的是，我重新走上那条路是不争的事实，有这一点就足够了。

在那条路上，我总感觉身旁有一个人的影子，一个让我熟之于心的影子，在我的视野里晃动。我停下脚步，仔细辨认从身边经过的每个匆匆路人，结果，竟然一个认识的都没有。再次抬起腿，我感觉这个影子就在我左右。潜意识告诉我，一定是她回来了，此时就在附近不远处。她那双忽闪着长睫毛的大眼睛，始终注视着我。我再次驻足，警觉地环顾四周，一张张陌生的面孔充斥着我的视野，清冷得就好像这深夜的街路。

此时，我突然有种莫名的渴望，渴望在这条路上和梅再次邂逅。我们是在梅的父亲过七十大寿时相遇的。梅父是市砖厂的老厂长，和市建材局退下来的吴书记是老相识。我是陪吴书记一同前往寿宴的。记得梅当时就坐在我对面。我的左侧坐着梅的二姐，右侧是梅的三姐。之所以被安排在“娘子军”中，一个重要的原因就是我不喜饮酒。

梅不时起身，给我夹着在她那边我够不着的菜，并频频端起饮料，微笑示意我，以水代酒，喝上一口。我想，这些必定是梅父事先安排好的。这次七十大寿，一共摆了三桌，一桌是梅父多年的老同事，如市建材局的吴书记，他曾和梅父搭过班子，一起工作了近二十个年头。我坐的这桌是梅的家人，另一桌是梅父家的亲属。

我和梅父并不熟，准确地说，是被吴书记硬拉着过来的。当然，我很是愿意结识一下这位老爷子的，却不想和梅交上了朋友，以致后来一段时间里，梅成了我的红颜知己。

不知不觉，我沿着两人经常走的那条路，走到梅家的楼下。我想，既然来了，还是上楼看看梅。于是，我在梅家楼下，按动了门铃。按动门铃前，梅家的灯还亮着。可是，我的手刚搭到门铃的一刻，灯就熄灭了。

情急之下，我突然醒了，才知刚才做了个梦。这个梦太离谱，我和梅分手已有十余年，梅父过世后，她便只身去了南方，她家也早已动迁，那条路也消失在楼群中。

“浮云一别后，流水十年间。”这是诗人韦应物在《谁上喜会梁州故人》中的两句，用来诠释我做的这个梦，再恰当不过。梅只是我生活中的匆匆过客，一如诗中的那片浮云。

十年后的这个晚上，梅又走进了我的梦里。看来，我和梅虽然分开了，但她依然没能走出我的记忆，怕是这辈子都走不出来了。

韦应物（737~792年），长安人，出身望族。天宝年间，为玄宗侍卫，放浪不羁，后入太学折节读书。历任洛阳丞、鄠县令，又先后任滁州、江州、苏州刺史。后罢任，寓居苏州永定寺。诗长于五言，多写田园风物，真而不朴，华而不绮，气韵清远，『高雅闲淡自成一家之体』。今存诗五百六十余首，有《韦苏州集》。

肆拾柒

※

问姓惊初见，称名忆旧容

最近，我常在清晨时分看到一位拾荒女在我家楼下垃圾点附近的墙角处抽烟。她和其他拾荒者不太一样，原先那位拾荒老者一到垃圾点，就猫下腰，用自制的小耙子翻动来翻动去，把捡到的他认为能换钱的东西，往事先准备好的袋子里装。而她有些像垂钓者，等有人倒完垃圾，后脚她便悠闲自得地走过去，用一根小木棒扒拉几下。她捡的东西大多是人们看过扔掉的旧书旧报什么的。

拾荒女的年龄和我不相上下，体形消瘦，头发有些零乱。晨练者三三两两从她身边经过，她却视而不见，仍默默享受那半支烟的滋味。直到有人倒完垃圾，她旋即扔掉手中的烟蒂，紧走两步，俯下身子，拿着小木棒儿，开始工作。

我注意到她在捡垃圾时，是全心贯注的，周围的一切似乎都变淡了，轻了，整栋楼，以及楼后的草坪都成了她的背景。她此时倒像一位秋收后田野中的拾荒者。虽然常常看到她，我却不清楚这个女人的内心世界，以及她究竟有着怎样的过往。但直觉告诉我，她一定是个有故事的人。

“你在想什么？”妻子问我。

我没有回答。

晚饭时，我无意中从一档电视达人秀中看到了那位拾荒女。镜头中，她在自家院子里分拣着那些旧报纸、旧书刊。我看到小院四周搭起的遮雨棚里放着一摞摞码放整齐的旧书报。从主持人的旁白中，我获悉该女子叫何萍，是我市收藏旧书报的达人。

我突然感到这个名字何其耳熟，记得我们班同学中也有一个叫何萍的女生。想到这儿，我搁下筷子，抬起头来，认真端详这位名叫何萍的收藏达人。

我和何萍好多年没见了，但凭记忆，我感觉她就是我的那个老同学。除了有些憔悴、苍老、消瘦外，模样和上学时相差无几。

何萍高中毕业后，没有下乡插队，接了她父亲的班，去我市蔬菜公司下属的一家副食商店工作。起初，我还特地去那个副食店找过她，她给我办了几件在当时相当难办的事。后来，我又去了几趟，都没有看到她。再后来，听同学说何萍因挪用公款被抓了。说是她也够可怜的，为了帮她的男人还债，才进了监狱，可她进监狱还不到一年的时间，那男人就和她离婚了。后来，听说她出狱后，开了一家废品收购站，再后来就没有关于她的消息了。

今晚，从电视里看到她，我心里着实欣慰。

节目里的何萍和每天在我家楼下捡垃圾的何萍，简直判若两人。每天清晨，她穿着那套肥大的衣裤，拿着一根小木棒，嘴里习惯性地叼着一支烟。而荧幕里的她此时身着得体时装，戴着一副眼镜，看气质，竟有些做学问的味道，比拾荒时看着要年轻五六岁。

想想，每天目睹同窗十年的同学却不相识，心里觉得不是个滋味。也许是岁月的揉搓和打磨，把过往的一切变得面目全非；也许是生活处境的不同，让我失去了辨别力，忽略了同学之谊。此时，我的第一个想法就是，明天清晨起来，第一时间去见见我的这位老同学。可转瞬一想，还是不去为好，见面后怕也是尴尬，我倒没什么，只是她经历了那么多，选择在这样的场合和她见面未免不妥。

“问姓惊初见，称名忆旧容。”诗人李益在《喜见外弟又言别》中如是写道，让我想到和旧同学见面的情景。我常常看到一些同学，却怎么也想不起来对方的名字。看来，故人间真应该多走动走动，多联系联系。

我决定抽时间去何萍家，看看她……

李益（约750~约830年），字君虞，陇西姑臧（今甘肃武陵）人，后移居洛阳。大历四年进士。初授郑县主簿。后北游河朔，长期为幽州、朔方等地幕府从事。元和后入朝，历任都官郎中、秘书少监、集贤学士、太子宾客、右散骑常侍。大和元年，以礼部尚书致仕。诗工近体，尤长于七绝，以边塞诗著称。今存诗一百六十四首，有《李益集》。

肆拾捌

※

谁知盘中餐，粒粒皆辛苦

小时候，正赶上吃供应粮的年代。一个月的粮油是有数的，如果整天吃米饭、玉米面发糕，这些供应粮不足半个月就没了，早晚两顿只能靠喝粥维持。

作为生活在玉米主产区的东北腹地吉林，当时的主打粮食自然是玉米。因此，我小时候经常喝玉米馇子和玉米糊糊。家里若有远方亲属来串门，早餐也会吃油条、喝豆浆，算是对亲属的一种盛情款待，亦算是家里生活的一种改善。至于现在孩子们吃的面包、果酱，喝的牛奶、果汁，以及煎蛋、糕点什么的，在那个年代是想都不敢想的，更不要说现在粥铺里的皮蛋瘦肉粥、鲜虾粥、蟹肉粥……就更是闻所未闻了。

一般情况下，家里喝粥会就着吃些老妈腌制的小咸菜，比如咸葱叶、蒜茄子、咸黄瓜、咸萝卜干、咸芹菜什么的。咸菜的咸香、粥的米香，最适合东北人的口味。这种搭配吃惯了，再遇丰盛的饭菜，少了咸菜和粥总感觉缺了点什么。

人的胃是有记忆的，什么食物能融合，什么食物被排斥，我们第一时间就能分辨出来。不过，再挑剔的胃也不会排斥粥。粥喝多了，喝久了，胃和粥也便有了感情。生病时，对什么都没胃口，熬些粥喝却是最好的食补。粥有灵性，对人类的软弱充满理解和同情。

喝玉米馇子粥、玉米糊糊，会令人不自觉地想到那个贫穷困苦的年代，促使人变得纯朴，变得现实。而读诗人李绅的绝句，“锄禾日当午，汗滴禾下土。谁知盘中餐，粒粒皆辛苦”，却让我对忙碌辛苦的农民产生一种敬畏，进而让我对粮食产生一种珍惜之情。

玉米馇子粥、玉米糊糊虽根植于彼时那个贫穷困苦的年代，却成为我们这代人挥之不去的记忆，同时，成为我们这代人一种割舍不掉的生活习惯。老妈、妻子一段时间没吃玉米馇子、玉米糊糊，就会张罗着做上一顿吃，忆苦思甜。

李绅（772~846年），字公垂，无锡（今属江苏）人。元和元年进士，历官国子助教、校书郎，与李德裕、元稹并称『元和三俊』。长庆间任翰林学士、户部侍郎、滁州刺史、浙东观察使等职，会昌二年拜相，后出为淮南节度使，卒于任所。在元稹、白居易提倡『新乐府』之前，写有《新题乐府二十首》，可惜不得流传。今存诗一百三十七首。

后记

照实说，读《饮一杯唐诗咖啡》这本轻散文随笔，有点儿像参加朋友的饭局，酒还没喝到尽兴，饭局便匆匆结束了。有些扫兴不说，还没过足酒瘾。这时，才真的懂得我的几个朋友一天跑几个饭局，没局找局的用意了。写了四十余篇读诗札记，还没顾得上把自己的感受梳理一下，便草草收笔了，总觉得缺点什么。

缺点什么呢？细想，应是差了一个后记。

我用了几个月的时间，和一首首唐诗素面相对，不带有丝毫个人偏见。先前，我对旧体诗存有某种认识上的偏颇，因我的文学创作是从新诗开始的。新诗对我的影响已经根深蒂固，我读的大部分诗作也出自外国诗人，比如莎士比亚、普希金、雪莱、惠特曼、泰戈尔等。中国诗人的作品我也读了一些，像徐志摩、戴望舒、艾青、余光中、痖弦、席慕蓉等。至于唐诗，要追溯到学生时代了。可离开学校后，根本没能静下心来好好读上一读。再次潜心面对唐诗，我突然发现它们从诗的美学角度上看，并不比新诗差，比如“泉声咽危石，日色冷青松”“不知细叶谁裁出，二月春风似剪刀”“芭蕉不展丁香结，同向春风各自愁”，这样的句子数不胜数，让我这个写了多年诗的人，感到汗颜。

在发现唐诗意境美的同时，我还发现唐代诗人往往把自己的情感寄予山水、林木、花草中，一山一石、一草一木，看似写景，实则写人。如“相看两不厌，只有敬亭山”，虽然“相看”只是李白对自然的自作多情，但少了它，那些美轮美奂的山水诗也就不存在了。

人和植物是相通的。所谓乐生哀死，哀乐和生死本就是一体两面，只不过植物的轮回比起人类要快得多。人之四季要经历漫长的数十年，而植物在一年内就可完成一场生死。读唐诗的过程中，我发现诗人偏爱描写春天。看来，万物复苏的春天是他们笔下最易捕捉的形象，而这恰恰正是唐诗之美。

想到这些，思绪里突然冒出诗人于坚的那首《避雨之树》来：

寄身在一棵树下/躲避一场暴雨/它用一条手臂为我挡住水/为另外的人/从另一条路来的生人/挡住雨水/它像房顶一样自然地敞开/让人们进来/我们互不相识的/一起贴着它的腹部……

我看见蛇/鼹鼠/蚂蚁和鸟蛋这些面目各异的族类/都在一棵树上/在一只袋鼠的腹中/在它的第二十一条手臂上我发现一串蝴蝶/它们像葡萄那样垂下/绣在绿叶之旁/在靠近天空的部分/我看见两只鹰站在那里/披着黑袍/安静而谦虚。

在所有树叶下面/小虫子一排排地卧着像战争年代/人们在防空洞中/等待着警报解除/那时候全世界都逃向这棵树……

读到此，我们会为大树这种无私、平等的博大胸怀深深感动。然而，大树似乎并不理解人类的这种情感。其实，这只是诗人主观的感受。

我并非唐诗的研究者，不需要逐字逐句寻觅它们的来路和成因。不过，作为读者，揣度诗文的寓意还是很有趣的。唐诗从来不会因为晦涩难读而得到后人的推崇和青睐。后人之所以仰慕唐诗，是因为它们可读性佳，脍炙人口。

此次，能够和唐诗再度结缘，首先要感谢好友王玉胜先生，是他送了我一本《唐诗精华注释》，叮嘱我闲暇之余不妨读读。后来，我把写的几篇读唐诗札记拿给他看，又得到他的鼎力推崇。成书前，他再次为作品校正、修订。有生之年，能够再度细品这些优美的诗句，并将生活中的过往，以及过往中的林林总总融入唐诗的气韵中，好友王玉胜可谓功不可没。

收获一本新书，又结识了一位朋友，还有什么比这更快乐的呢？我觉得熊掌和鱼兼得，是我的福分。谢谢上苍眷顾，也谢谢你能读到这本书。

周颖

2018年春于北郊